若無其事

鄧小樺

JPC

若無其事，言之有物——寫作與穿珠仔

董啟章

一般來說，為人作序者之所以有這個資格，不外乎兩方面：一、對那個文類以至於作者於其中的表現知之甚詳，可以作出精闢的導讀和公正的評價；二、與作者本人私交甚深，可以講述能引起讀者興趣的生活點滴。而如果是一本散文集，兩者就更加可以合流，因為我們假設散文就是作者直接經驗的真實記錄。遺憾的是，我一則自己不懂寫散文，對散文創作沒有心得，二則跟本書作者鄧小樺的交往遠遠未及可以如數家珍的地步。然而當小樺來信邀序，我還是一口答應了。我這樣做並不是因為我為人慷慨，不吝鼓勵後輩（其實我也不是什麼前輩），而是我覺得，鄧小樺是個一直被低估了的作者。而之所以有低估這回事，當然不是因為作者自身的不足，而是環境條件的問題。不過，在香港寫作的困難，已經說了超過半個世紀，不贅。

還是先說點輕鬆的。第一次見鄧小樺，應該是十多年前在中文大學的一場演講之上。演講題目我已經不記得了，只記得當時我在台上一面說，台下左方不遠處就有一位戴眼鏡的圓臉女生一直發出歡樂而響亮（雖未至於刺耳）的笑聲。起先這讓我覺得自己的幽默感還算不錯，但過於熱烈的反應慢慢地令我開始懷疑，是不是自己曝露了什麼可笑之處，並因為心虛而導致演講草草收場。後來我才知道，這個看來有點 hyper 的女生就是寫詩和寫散文的鄧小樺。她和劉芷韻、謝曉虹、王貽興，同屬於千禧年前後中文大學中文系出身的那一波很年輕就展露寫作才華和熱情的作者。

跟小樺比較熟，是在二〇〇九年大家一起組織香港文學館倡議小組之後。對於文學的公共性的問題，大家志同道合，便相與為謀。大夥兒除了談公事，當然也會聊天閒扯，關於讀書的、文學界的、社會的、生活的。不過，較少涉及私事。那時候小樺不但已經碩士畢業，跟友人辦過文學雜誌《字花》，也參加過保衛天星和皇后碼頭的社會運動，是個有經驗和組織力的行動者。她依然經常情緒高昂，但已不再令人錯亂，反而給人信任的感覺。相反，我是個沒有行動力的人，每當流露遲疑之心，萌生退隱之意，總是給小樺勸止，並且動之以同志的情誼。我在公共責任和個人寫作之間搖擺不定，有時甚至害怕收到她的電話和電郵。我當時覺得她不明白我，但我其實也不明白她。

這幾年間，我和其他人一樣，並不特別留意到小樺的創作。事實上，她詩的確寫得比較少，而散文也只能零星於報刊上看到。自從早期的詩集《不曾移動的瓶子》和二〇〇八年一口氣出版的散文集《斑駁日常》和訪問集《問道於民》，她一直沒有出書。這於一個小有所成的年輕作者來說的確會造成無以為繼的焦慮和壓力。雖然一直在做著與文學相關的工作，在文學界裡相當活躍，但如果沒有作品面世的話，對於如何維持作家的身分實在會感到困惑，對寫作的意義也會漸漸失去把握。寫作是一種實踐，而出版作品是實踐的重要部分。

當然，小樺不是沒有作品在手，只是好些早就寫下的東西還未有適當的機會成書。結集成書並不是單純地把抽屜裡積壓的東西，像儲蓄一樣拿出來一次過花掉就了事。結集其實是一次再創作——把在不同時期不同場合不同背景發表過的文章，通過挑選和整理，發現其中的分類和脈絡，在書中排列出新的組合，映照出新的意義。這次小樺的散文集《若無其事》從童年回憶寫到成長迷惑，從大學校園寫到獨居斗室，從學生生活寫到社會體驗，從理論省思寫到人生困境，由於涉及比較早年的寫作自我，因而瀰漫著青春的虛無氣息。那是我所不曾認識的，鬥志昂揚的行動者鄧小樺的另一面。我不會說這是鄧小樺的真實面貌，甚至說「另一面」也有可疑。雖說人前人後很難一致，公共和私人行為也必然有所分野，而相信人能表裡合一可能過於單純，自我分裂自相矛盾才是常態，但如果能做到一體兩面（或多面），至少可算是個安慰。這個一體，除了是生物上的身體，於作者來說，也是文體。只要能掌握文體，無論你分裂成幾多面，你始終如一，並未散亂。而文體又不止是措辭和技巧，而是一個作者的總體思維和感受性的交織。而思維和感受性縱使演變不居，箇中依然有跡可尋，有據可依。這形跡和依據，就是作者生命的流動。讀《若無其事》，就算是在最虛無處，也常感到強烈的搏動。

鄧小樺相當明白，「若無其事」的相反就是「確有其事」。她非常恰切地以「若無其事」作為書名，但卻不忘把「確有其事」當作書中第二輯文章的標題。當然，這並不是說「若無」只是假裝，或者自欺欺人，而「確有」才是毋庸置疑的底蘊。這又是另一種虛實互應，有無相生的辯證。佛家中觀有所謂「真空妙有」。先證無，後證有；不執無，是假有；不執有，是假無。此中的假名、假借、假託，就如書名中的「若」字。或若孔子所說：「祭如在。」神是不是存在，並不重要，重要的是祭祀的時候「如在」。有沒有並不重要，重要的是「若有」。無不無也不重要，重要的是「若無」。「若無」什麼？若無「其事」。「其事」即什麼事？此中有小樺對「事」的執著。於是就有了「確有」的對揚。我絕不是說小樺有佛意。相反，她大概是願意甚至執意不悟。她就是有那種自我毀滅的生命力，或自我再生的毀滅性。但雖無實意，也有如意。她的文體精魂裡，早已具備一體兩面性。若不，如何能於最虛無處行動，於最造作處靜止？

我想考究小樺之「事」為何物，甚至一一搜尋文中與「事」字相配的詞語。當然，如辭典羅列一樣，出現了二十幾種配詞，似無統計學上的意義。最常見的，是「事情」和「事物」，都有抽象的覆蓋性。然後是較確切的「事實」和「事件」。而作者最關心的，可能是「故事」和「敘事」。先說後者：雖然寫的是散文，小樺早就注意到敘事的種種機關及其操作。書中第三輯的文章就環繞這個題目，拆解對敘事的真實性的輕信。對敘事的懷疑源於對權威的反叛，但也同時是對自己手握敘事權的戒懼。自我顛覆必然是真正的反叛者的指定動作，亦看似是虛無者的自然反應。然而，敘事雖然不可靠、不可信，但「事」本身卻沒有消失。不可敘述和不可確定，並不代表「事」不存在。相反「事」以更頑強和更難穿透的形式留存下來，就算你假裝「若無其事」，此種姿態便已經曝露出心有所繫，情有所牽。

「事」之所以不能「若無」，是因為它不是單獨發生，而是事事相扣，成為生命之流。在〈記憶隨身〉中提到作者和朋友去寶蓮寺求簽，求得中簽「姜太公遇文王」，中有「舊事消散新事遂」之句，意謂「前事不計」，德福自來。然而作者拒絕接受點化，堅持事事不忘，錙銖必計，留在等價交換的世界裡，不願為了未來的好運而忘記過去的痛苦。這分明是「若無其事」的相反。於是，第二輯「確有其事」中的篇章，盡情記述種種前陳舊事——與父親的分隔、與母親的齟齬、家中老狗的顛簸和友儕間的私密經驗等等，其中不乏痛苦的回憶，但都一一加以確認和強記。諸事之中，唯獨情事欠奉，似乎就是真的「若無其事」的事情。也不知究竟是從來沒寫，還是寫了沒選。不過，據小樺所說，在她即將出版的詩集中，會收錄這個題材的作品，好事者可往那裡尋幽探秘。

以散文寫私事，似是毫無稀奇之處。一般對散文的理解，無論是抒發情感，抑或記述生活，都是從私人經驗出發。但是書寫私人經驗無論如何也是一件冒險的事情。當中的風險不但關乎曝露個人的創痛和不堪所造成的脆弱感，或者對牽涉其中的真實人物可能造成的傷害，而是述說這一行為對事件本身的損耗。事件的意義可能因述說而被勾銷。在〈首飾〉中，作者談到一向並不巧手的自己如何學習製作飾物。在「穿珠仔」的過程中，她發現自己體內存在另一個機制，平衡素日那個個性執拗和情緒波動的自己。穿珠仔的時候不用思考，整個人沉緬於機械式的近乎本能的製作，達至神奇的心靈平靜，也即是負面情緒或黑暗力量的洗滌。而和朋友閃一起穿珠仔的時刻，在聊著各種家常閒話的語調裡，竟體味到一種希望的象徵。只是，後來朋友說「穿珠仔這個聯誼方式太奇怪了」，好像道破了什麼似的，這種形式的相處就突然中止了。這就如一道敘事的魔咒——事情一經敘說就會失去效力。如果這是真的，敘事的真正意義就是殺死事件，消滅經驗。這豈不是和反抗「前事不計」的用心完全相反嗎？

「事」字的另一個常見配詞，是「事物」。「事物」在中文裡是「事」還是「物」，非常含糊，就如英文裡的 thing 一樣。繼續那個穿珠仔的故事：雖然知道敘事的魔咒的存在，作者還是敘說了穿珠仔的事情，還是寫出了製作首飾對她的神秘作用。當她知道了深植於自己體內有另一個機制在運作，她突然便放心了。「事」本身已經不再重要，就算製作首飾的作用消失，她還可以找到另一條路徑到達那「神秘之物」。往後她這樣說：

> 沒有比這更重要的想法了。不可言說的事始終可以被言說出來，因為言說並不能傷害事件背後的神秘之物，事件本身並不是無可取代的神秘創傷，而是一片空洞。而假如有神

秘之物，也可在別的地方隨機找到。我這樣的人，想到這裡，突然就感到身體裡有一陣微風。

在「事」件的後面，有神秘之「物」。「事」件只是其中一條抵達的路徑。因此萬事可說，不怕說，因為它只是「一片空洞」，說的時候可以「若無其事」。只要能若無其「事」，就能言之有「物」。這就是「事物」的雙重意義，既空且有，既虛且實。

儘管小樺說寫作會令她心跳手顫、失眠狂躁，因為寫作和自己拉得很近，而穿珠仔的時候卻獲得了神秘的寧靜和平穩（因此她堅持不戴自己製作的飾物並且會把它賣出去，以保持它和自己的距離），但是我卻非常強烈地認為，寫作（特別是寫散文）於她來說其實是一種穿珠仔的勞作。她從自己裝滿字詞的寶盒裡檢出形狀和顏色不一的小珠子，以隨意或規律的方式串起來，作出或調和或衝突的搭配，通過微妙的控制和神祕的直覺，編成富有張力而又溫柔的、理直氣壯而又情思婉轉的文章。有了這門手藝，沒有人敢再說你愚笨。成語有云：字字珠璣。你可以用這串文字的珠仔，贈送給世人。相信很多人會喜歡，而且配戴得相當漂亮。

溫煦的虛無

陳智德

鄧小樺在〈斗室〉文中言及位於旺角中心地帶某商場六樓的斗室，我曾有幸拜訪，那大概是二〇〇三至〇四年之間的事，在狹小斗室，最整潔的部分是幾個大小不一的書架，她為藏書仔細分類，標示各書籍在她內心更大空間中的位置。

〈全部真實〉、〈寧靜致遠〉延續斗室的思考，認清空間的限制和本質，思考、參與更廣闊的世界，成為一切超越的可能。〈寧靜致遠〉一文的終末談及游靜，《不可能的家》似乎遙遠地對應著鄧小樺的斗室，我也反覆閱讀、對照兩代作者的文字，八十年代去與留的抉擇，彷彿又回到目前，香港變作如此，這是我們在十年前，怎樣也想像不到。

在〈記憶與書〉一文，她再回歸於對書的執著，透過克莉絲蒂的閱讀回憶，追溯自己自發尋覓文藝的路，一種本源的追溯，是她對自己參與文藝事業的肯定，也許當中還連帶少許迷惘，但透過本源的追溯（再加上心理測驗），已得以超越。

在〈記憶與書〉的終結，寫及台灣九份之旅，她覺得最溫煦舒適的所在是一家書店。

緊接的〈無所謂存在〉，文章的起首始於廣州回憶，一段教她惶惑無助的回憶，也發生在書店。斗室最終是她溫煦舒適的地方，還是惶惑無助之所在？問題似乎是一種兩極化的思考，幸好〈無所謂存在〉一文真正談論的，是溫煦舒適，與惶惑無助之間的存在，投入於實現文藝理念的生命。

文藝的記錄是若無其事，也是確有其事，我們執著於文學的真實，只因它也包涵了虛無。清季有葉昌熾撰《藏書紀事詩》謳歌藏書家遺聞軼事，茲謹以本人新撰「藏書紀事新詩」一則，總結我對鄧小樺《若無其事》一書的一點感應：

溫煦的虛無（鄧小樺《若無其事》）

虛無是斗室中最隱秘的部份
還是虛無本是斗室外露的門窗？
書頁呼吸出字花，它們輕柔如皮膚
纍纍包裹你聳動的血與骨
孜孜為各種主義分類
詩歌佔領了理論

文學要有館卻也忘不了
未完的論文等待你

外面的世界怎樣了
車聲亢奮，龐大也抽象
但願我們聽到更真確的人聲
呼喊離不開溫煦的虛無

二〇一四年七月二日誌

莫辨

鄧小樺

我一直喜歡寫散文，固然是因為真正學習創作的大學時期，自己最喜歡的老師樊善標專治實驗性的散文創作，並有「力學」之理論，讓我看到散文這一最庶民的文體有其自由性質，日兼可匯融小說、詩歌、評論等其他文類，寫什麼、怎樣寫都可以，庶民裡於是也就有先鋒。其後因為多了在報章發表，擁有專欄，散文比較可以在現實世界裡與生活糊口之需要掛鈎，自然而然，散文變成最容易持續從事的創作方式——散文寫作又經歷網絡blog的長篇散漫狀態，以及臉書status的斷章小文形式之中介，把一切無以名之的事物包納進去——但它也會遭遇「不夠（純）文學」的貶斥，作者的修煉功夫會被認為下得不夠。

我倒是從未懷疑散文的文學性質。我一向不是個傾向純粹的人，對於雜質傾向保留，寧可修改框架駕馭文氣而保留之，也不想排斥。而這種雜，在香港的商業社會，還是會被歸為文學性質，因為除了文學這樣自由而非功利的領域，也再沒有別的地方可保留之。離開大學之後，我最想寫的是一種長篇的隨筆體，關聯性在其中消散淡漠，但弔詭地關聯性也被提煉到不可被否定的層次——個人真實經驗、虛構的形式實驗、評論性質、現成物剪貼置入等形態縫合同一，數層參差對照。本書中有幾篇都是以這樣幾條線剪裁交纏的方式寫成，那樣我覺得最舒暢安妥。除了文學雜誌，這樣的隨筆（尤其是篇幅問題）還能去哪裡呢？它的生產有時也不是資本世界的日程所能容納。自由本是難得，這就是我始終留在文學世界裡的原因。

喜歡寫散文的最大原因，大概還是因為我用文學來整理、修剪、豢養自己。中國現代散文並無龐複的理論，大概就是「我」來為散文之關鍵元素，預設作品與真實作者距離很近，可自真實歷史中尋找對應。而我常常對於事物有著與人不同的感受，那些感受想法糾繞我如同藤蔓蔽日，必須透過梳理脈絡來提出，否則所思連帶所經歷的一切，就仿如沒有發生過。用來保留自己——一種許會被認為是自戀的心態。我喜歡的文學作品常有懺悔錄的性質；散文與真實掛鉤，梁文道曾說因為他覺得真實發生的東西才有魅力，於是無法寫虛構的小說，這是喜歡寫散文的人之共同理由。

惟我實在是個生活混亂、時常闖入岔路的人。由於寫作主題太散又常具時效性，我結集的動力一向很低。散文的致命之處在於框架。這本書是因為有了書名才誕生的，想到了若無其事，才有了選文結集的方向。若無其事，這個成語對應著我在感傷時最大的逆向反挫，寫作是為了對峙於我所經歷者總是好像消失無痕，如果不寫，就等於沒有發生過。我的偏執或者是一種比較複雜的事物，就算極度執著，也會將消隱作為本質那樣呈現，高傲的人總是喜歡自己顯得若無其事——因為歸根結柢，若無即有。我的公共生活幅員頗大，但這本書裡的文章比較個人，寫及原生家庭背景，即使寫及「六四」或學運經歷，也是以個人到無法徵引為一種簡略精句之形式出現。而我最嚮往沉迷的一種狀態，就是在文學的玄思中，讓主體消隱褪淡，若無其事，彷若出神，在一種虛無狀態裡，文句自生。從個人到公共到虛無，像是一個人老去的軌跡，但本書的編排是倒過來的，不知是否一種對抗衰朽的態度。

相信我，日常精神狀態最分割渙散時，所成之文反而呈集中之態；相反精神飽滿游刃有餘時，倒是可以悠然縫合不相干的事物。文學與真實之間的距離，總是存在微妙的逆反性質。

本書收錄的散文不少寫於大學時代，跨度近十五年。記憶中，寫時本無遮蔽，我通常處於什麼都講得出來的狀態。惟是無論我多麼喜歡這些坦白透明的作品，我卻一直逃避全面檢閱全書的文章，這裡面有著怎樣的力比多扭曲，我也說不上來。真實的記錄，我原來不能在文學裡直面——虛構不止是作為一種形式的雕飾而存在，它更是主體一種逃逸的欲望，即使不在場，比真實更無法否認。我幾乎要說，我是為了逃避某些東西，才會寫成這些坦露自我的散文——或反過來說，當我的逃避被清楚地閱讀，便可以知道我想要接近之物。我常常有接受訪問的機會，但每次，當我要說明我自己時，反會給對方帶來巨大的疑惑。自己無法被他人明白，年輕時曾為此懊惱，是通過星盤去接受：土星在第一宮，涉及自我，萬事皆難。後來讀到阿甘本在《褻瀆》中的第一章「守護神」說：

「孩子在躲藏中獲得一種特殊的愉悅，不是因為他們最終會被找到，而是因為通過躲藏，通過把自己隱藏在洗衣籃或櫥櫃裡，抑或是蜷縮在閣樓的角落裡，以至於幾近消失等等，通過這些行動本身，孩子獲得一種無與倫比的快樂，一種特別的激動，無論出於什麼原因，孩子們都不願意放棄它們。這種孩子似的激動正是羅伯特·瓦爾澤在保衛其不可辨認性之境況中艷麗的愉悅，也是瓦爾特·本雅明頑固的、想要變得不可辨認的欲望的源泉……

如果守護神，就其不屬於我們而言是我們的生命，那麼，我們就必須為某種我們並不為之負責的東西作出回應。我們自身的救贖和我們自己毀滅的孩子的臉，既是又不是我們的臉。」

這段話讓我如同得到神諭般覺得不再需要解釋什麼。也讓我前所未有地接受自己的孩童性質。某些基於痛楚的自然反應，可以被世界視為扮鬼臉。這些文章看起來多麼陌生。如此便好。

《若無其事》自二〇〇〇—二〇一四年收文三十二篇（好似係），「虛無之美」一輯集納虛無、不存在、無所謂的態度與美學，「確有其事」裡有家庭、成長、政治與生命，「敘事及其疑惑」則是傷他悶透的慘綠青春敘事實驗散文。編排經編輯重組。以最事務性的語氣說：成書倉促，幸邀得董啟章陳智德二位為序，歉甚，其中的重視與珍惜，銘感於心；感謝三聯尤其編輯饒雙宜大力推動出版，幾乎是奇襲的速度；感謝何兆南的照片與阿雀的設計，二位與我並不相識，卻在作品上契合。為什麼我被他們重視，為什麼要奇襲自己，為什麼書終於出現在這裡，我想宣稱自己對此一無所知，何其幸福。

目錄

二、確有其事

三、敘事及其疑惑

一、虛無之美

不存在

需要一點點東西幫助消化冬日小小的憂愁。心裡滿是縫隙，風從哪裡吹進來，偶然確認一些事情，便有漠漠的憂愁，像整個人要消失一樣。如果人可以無緣無故消失就好了，但可惜並不是這樣。

《單行道》是我最喜歡的王菲歌曲之一。有時整個晚上不開燈，就在黑暗裡聽。很辯證的歌，在一條單行道上，但敘述角度本身看到無窮的世界。以前單單是喜歡其無可逆轉性，清堅決絕，「一路上與一些人擁抱一邊廂與一些人絕交/有人背影不斷膨脹而有些情景不斷縮小」。現在老了，傾向在世界萬千的拼貼中，忘記小小的失落。以前很決絕，現在知道決絕也需要時間，要忍耐世界運轉的速度。只能把那些等待世界的時間，變成另一些學習與觀看的過程。忍耐著，看著不同的世界，自語。

如果要擁有一個能看到不同世界的位置，那也就是說，可能是在不同的世界裡都沒有位置。重要的事情對我不重要，不重要的事情對我很重要。無法理解，有時也無法對人一一解釋。於是對他人常常等於並不存在。於是即使保持在原地不動，也像去了流浪的樣子。這的確，就是露宿者和流浪犬的宿命。不存在者往往有影子一般的自我想像，我常常在深夜裡坐在街頭，看見人們走路都會低著頭，總會有辦法看不見你。

我在的時候，常常像要離開，離開後又好像沒有離開過一樣，無非是嚮往有多重飄搖的視點。日本理論大師柄谷行人最近出版《世界史的結構》，城中知識群體追捧，但我還是記得年輕時讀他的《日本現代文學之起源》，裡面有一篇〈風景的發現〉，談到文藝復興時代「人的發現」，其中重要的一點就是美術上「三點透視」的技法被創立出來，由一個主體的眼睛望向某個消失點，一切景物有了遠近、取捨、看得見與看不見，有了主體，亦有了「具真實感」的風景。而後來我讀中國畫的研究院課裡學到，中國山水則採游離視點、多重透視，一幅畫裡有不同的透視點，巍峨山頂亦如仰首可見般清晰。中國畫的飄渺，便是只寫意，從不寫實——飄渺的，從未凝聚的主體，不斷離散，根本就是幽靈。

但就算再理解一百次，也還是無法消除「想消失」的欲望。弔詭的悲劇是，不存在，也就沒有辦法消失。夏宇《腹語術》裡有三首〈降靈會〉，

〈降靈會II〉的結尾，就是有一個厭世的幽靈，在其他爭吵不休的幽靈中默然離場，「它不可能再死一次了／它感到非常，非常沮喪」。唯有無窮的細拆下去：風景消失了，人消失了，主體消失了，但「想消失的欲望」還是永遠無法消失。（甚至，欲望在這時又萌生出來：齊澤克（Žižek）有一本書叫《沒有身體的器官》，也許有這樣虛無玄妙的因素？這書我買了沒有？）

冬日末梢，快將又老一年，在搬家的廢墟中，我安然了解：沒有人知道我在想什麼。

斗室

斗室位於旺角中心地帶的某商場的六樓，誰也不能想像這裡的寧靜。彌敦道和亞皆老街的車聲完全沒有走進我的房門，而且，一天也聽不到幾個人說話。即使明顯地，曾有一個隔壁房客是在樓下桑拿工作的鳳姐，但她的高跟鞋聲和有時隱隱傳來的洗澡水聲，也與一般人的無異。偶然有人來拍門，拍很久，甚至踢門，都沒人應，不久也就恢復寧靜。倒是青年詩人朋友們來探訪我，得知有鳳姐就大呼小叫，磨拳擦掌揚言去幫襯——「別礙著人家做生意。」這時我就發出聲音。

聲音來自我們，而可能不能理解世界邏輯的也就是我們。搬來的第一個星期，我到走廊扔垃圾，有一個頭髮稀疏、像根牙籤似的婆婆，在走廊上一步一步地挪著。乳白色的皮膚附著她的手骨，像衣服的皺摺。我禮貌地問，垃圾扔在哪裡？她露出非常友善的微笑，繼續在走廊上一步一步挪著，慢慢挪過了我的面前，始終沒有指示方向。

斗室裡有兩個已經超載的書櫃。來過的人都無法相信——書竟然是有分類的。最頂和最底處放大開本的雜誌、期刊和影印本，左邊近門的書櫃依次由上至下是傅柯與德里達等的著作、女性主義及文化批判的合著書籍、香港文化及中國評論的編選本、結構主義之前的哲學理論及社會評論書籍。右邊貼牆書架的排列則為：純文學理論、小說及散文、詩、詩評論。理論書放在較當眼處是因為，我該是在斗室裡做論文的；隨身的幾部作品像《百年孤寂》、《Salsa》、《玫瑰念珠》等在我的座位後面則是因為，人總須有所依靠。較「消閒」的書如《錯把太太當帽子的人》（書是杜小姐的，借了五年）、《哭，不哭》、《費馬最後定理》等束之高閣。至於斗室的地上還堆著可以再裝滿一個書架的書，大部分是英文理論，都是急著要看的。牆壁上貼滿了post-it，全是論文的骨頭。唯一的工作桌就是電腦桌，堆滿了CD和VCD，可是我都不看。平時我在電腦前工作，書架在後面，論文主角王小波的著作正在前方略高處。一切滴水不漏，論文卻還未做出來，所以說不過去。

陶潛的《飲酒》裡爛熟的句子：結廬在人境，而無車馬喧。我的小雪櫃裡有酒。大隱隱於市。我沾沾自喜，逐漸將生理時鐘倒轉，早上七點睡，下午六點起，充份擴展了寂靜無聲的工作時段。後來，我好像漸漸有了失眠症，雖然八九點鐘的太陽完全被隔絕於唯一的小窗，但我在床上翻來覆去，又沒有精力繼續看書，腦子裡儘是理論問題、仇視的人、不該説錯的話。我可以隨時倒在床上，卻不能隨心所欲地入睡。不過只要忍耐貧窮不去上班，我還可以這樣生活。有人説，大學生就有機會規劃出一個違背常理的時間表。這個説法我始終無法接受。我無法接受，有一天我不能再違背常理地使用我的時間。在這一點上，我會被指為不理解世界的邏輯。

住在斗室裡我很難想像以後我還會與人一起住。我可以勉強自己遷就斗室：二百呎不到的地方，擦個地板要一小時左右，過後氣喘咻咻，因為要不斷搬動書籍。天氣熱的話，什麼都沒做過也會一天洗兩三個澡，因為電腦桌是個悶熱的地方。但我大概不願意怎樣去遷就人了。與喜歡或者敬佩的人談話，都看到深深的鴻溝，有時這令人不安得沉默起來。沉默是怎樣的呢，好像一把大鐵剪的刀口，冷颼颼的，四周事物的顏色都改變，以前我總覺得是接近殘忍的。斗室當然令人習慣於沉默，如非必要我也不會自言自語。但我留意到自己遇見可傾談的人時，好像更容易戀戀不捨了。過猶不及是危險的，我不以為誰都能理解這種戀戀。畢竟不是誰都在斗室裡獨居。而斗室裡同時存在著對電話鈴聲的盼望與厭惡，新簇簇的電話機卻也練成了偶然自動斷線的神奇技術，不以我的意志為轉移——也許我也因此更加怪異彆扭。

二十二歲之前我的理想居停是在一個涼快的森林裡，我和朋友彼此看不見對方的木屋，但十分鐘內可以到達對方的屋子。其實現在已經很接近，只不過後來我們懂得這樣的邏輯：在相近的地方不相見，這行為複雜地涉及到友誼、安全，友誼的安全與此的相關與不相關。住到旺角時我曾經以為，自己的屋子，可以成為朋友經過的落腳點（事實上「朋友一間不上鎖的屋子」曾經是某人詩中一個溫暖的意象）；不過經我居住一段時間的地方，似乎總變得有點不太怡人。

在走廊上我看見，有一個女子，擔起了不發一言老婆婆的看護工作。女子皮膚黑黃，身材也像牙籤一樣，頂一頭曲髮，從後面看令人想起電視劇裡扮外國人（多半是指揮家）的廉價假髮，從前面會看見她雙眼嚴重「鬥雞」，嘴圈起像個小寫的o：「出來走走可好！」「是呀——」不發一言老婆婆竟然可以答話，輕輕的。不發一言老婆婆的話聲，畢竟與她的友善笑容相合。在她們慢慢挪過走廊的過程中，她們重複這些對答。大概在這比幼兒學語還簡單的對話中，有非常重要的東西——我猜想其中的邏輯，去扔垃圾。

我在這間斗室已生活了三百多天，天氣愈來愈熱，它愈來愈複雜，生長的力必多愈來愈無法控制。冷氣機好像將近油盡燈枯，我希望這就是我煩躁的全部原因。不像我總是間接否認家庭對我的影響，我非常願意銘記我住過的每間房子，包括旅行中的黑店。它們對我的影響總是像遺傳病：現在我的斗室裡有八個煙灰盅，放都沒地方放，是因為我一直不能公開使用我的煙灰盅；我總是不把小膠袋扔掉，是因為我以前在不能吸煙的屋子裡，總用小膠袋把煙頭包起來——換一個語境，別人看來，一定是神經質的。所以，大概，就算我現在多麼討厭母親，就算我與所有親人斷絕來往，所有被我厭惡、逃避的，將來都會一一在我身上顯現出來。母親非常厭惡外婆，現在她們一舉一動都像極了。如果這是世界的邏輯，我不知道自己是在背叛它，還是在順應它。

生活在斗室裡我甚至儘量避免到樓下去，吃飯都叫外賣。我在斗室裡是做論文，但並不意味著要遠離時代。我看電視甚至報紙都比以前多，除了追電視劇，也逐漸養成按時看新聞的習慣，星期日追看《鏗鏘集》。有時事情很直接，新聞報導都可以看得嘩啦一下淌淚；有時事情永無真相，你可以在一開始就想見真相的沒頂。於混亂的時代，憂慮是無法避免也不該去避免的。我會打電話去和朋友談各種公眾事情。然而，我始終記著，王小波因為他與人群的距離而自命清醒，而這並非事實的全部。七月，一大群人在街上走，並不太熱衷於叫喊口號，這裡面有著十分複雜的邏輯。清醒和犬儒，其分別往往就如我家裡那幾十張外賣餐單的分別，要很多很多的嘗試才能分辨。

我記得我初搬來的時候，有一晚近午夜時到街上去買東西吃。回到非常小的電梯大堂，白色光管的光線下，什麼樣子的人都有，疲倦的上班族神情厭世，眉目間隱帶悍意的家庭主婦，露出手臂紋身的精瘦黑衣青年，十歲左右的男童穿著翻版的比卡超T恤，風塵女子肉光緻緻，映照著淡金色龐克頭和粗大金屬鏈。那程電梯我沒敢擠進去。我並不是說這光怪陸離就是生活本身。我也不是說，一切都見怪不怪淡然處之的後來，就是生活本身。我是說，後來我再也沒看過令我這樣震撼的畫面，也可能是我同時不再留心周圍的人——距離與洞見的關係之可疑，始終令我放心不下。

理解世界的種種邏輯，然後選擇。我在我的斗室裡，在電腦上打出我未必能做到，仍然期許的句子。很大程度上，我猜想我在斗室裡思考、策劃的各種東西，將來也許實際上都是徒勞無功、風過無痕的，或者更糟的結果是只記得斗室的寧靜。這與在散文中加入一個感傷味重的結尾一般令人氣餒，且很可能互為因果。

全部真實

一、日常地獄

在屋裡被無數的書、塵埃與脫髮糾纏之時，也會想望一張工作枱，條理分明如大學電腦工作間，完全不具情感瑣屑的空白。如大學電腦室輕薄的LCD熒幕，聲音俐落而低調的黑色鍵盤。大學裡，基層員工接受剝削式外判，師生被諸多天花亂墜的要求綑束，只有物理建設仿如全然自由不斷更新，愈來愈漂亮。輕薄的LCD熒幕，聲音俐落而低調的黑色鍵盤。我們將來的建設會愈來愈漂亮，而裡面埋藏無數疲倦抑壓的尖叫。

現實就是綑束和條理分明嗎？聰明而瘋狂的斯洛文尼亞馬克思主義精神分析哲學家齊澤克（Žižek）說，所謂「現實感」，是經由對現實的檢測而產生的；而人在喪失現實感之時，才會去檢測、證實：這是現實。在夢和電影裡看到鬼魂不是撞鬼；唯確定身處現實而看見鬼魂，才算撞鬼。不能置信的揉眼或自摑，同時求得鬼魂與現實的證據。被檢測分隔和連結的鬼魂與現實，是一枚銅板之兩面。弔詭地，最能刺激我們注意到「現實」之存在的，是「現實感」的喪失——喪失現實感之時，我們就觸碰了現實的邊界。當現實有了邊界，現實對我們而言，才是具體存在的。

因為嚮往漂亮和條理分明，購入聲音俐落而低調的黑色鍵盤。才數週，鍵上文字已因過度使用褪色難辨。敲打論文、詩句、筆戰、電郵、日記、評論、信件、履歷期間，鍵面黑白混淆不清但隱然存在的痕跡，會讓我突然失焦、出神以至昏眩——掉在鍵盤罅隙裡的塵埃、皮屑、指甲、煙灰，無以名狀的生活殘渣，卻肯定是屬於你的，作為日常書寫工具的鍵盤，同時收集我的歷史、蔓衍書寫或隨時清算。我知道了。地獄就是清算和無限的並置。

為它拍的照片效果完全合乎預計，證明揭示地獄並不需要特殊的技巧。但需要放大，才能呈現它的失焦的恐怖。這的確是我所經驗的現實，它並不愉快，細節過量溢出（像齊澤克那長得像開玩笑的頭銜），但至少，不僅僅是規條。

二、中午，死者與生者

獨居，而且困頓在書寫裡的人，保持與城市節奏相反的生活規律。真的，我極少在中午時分走到街上——不願去干擾上班者的午膳，亦避免搶奪他們的座位。那是罕有的一次——

市聲之浪迎面撲來，車輛川流，太陽的溫度疊加其他人的體溫。街頭三尺鐵櫃，燒著盂蘭節施捨的街衣，黑煙灰屑漫天飄盪飛揚，行人急於進食與脱離，這是一小時的午間暫休。人間為生者與死者訂定的規律。自由行令亞皆老街的租金暴漲，結果是舖子旋起旋滅，放眼盡是短期租約散貨場，蕭條與浮躁更勝經濟低迷期。七月就讓人覺得急景殘年。

新開的散貨場賣大陸版音樂CD，興奮的老闆娘向圍觀的家庭主婦們介紹：「知唔知呢啲係乜？係黃梅調！好好聽㗎，佢……」她想形容，頓了一頓續道：「好好聽㗎。好好聽㗎。」她一揚手，空氣裡溢滿花腔黃梅調。

黃梅調甜美、陌生、年老。時間在國語裡滑行倒退，僵硬的建築物被搖撼，行人乾澀的面容染上了音樂的顏色，彷彿是賈樟柯的《站台》，標誌著時代的音樂，混雜著人語、車聲、粗糙的無線電，完整召喚過去。叔本華說過，聲音可以繞過「意義」，重顯生命實體的驅動力。可生命實體，是什麼呢？

我回首，看見大廈的老邁管理員、每日閒坐著的住客，嘴唇隨著曲調齊齊輕輕張合，馬經棄置一旁。這是他們的曲調。中午的太陽發著高熱，吊扇神經質地搖晃作響，空中煙灰用力舞動顯示意志。我強烈地感到陌生靈魂的存在。面容一般呆滯，但久遠的死去的記憶開始復活，枯裂的泥土微微鬆動，隱沒在曲調裡的腳步，他們在移動。這接近潰散的街道被不合時宜的音樂奇跡地凝結起來，混著喇叭聲與打樁聲。在午間旺角諦聽，像音樂本身般不合時宜而強頑的，被忽略的生者與死者，一同駐足。

三、他者與他處

黑暗的K房裡，朋友們牽手問好、親吻臉頰。他們希望「一次過穿越所有不可穿越的流行曲」。

人人都有頹廢、軟弱的深淵：喪煲某歌，什麼都做不來，現代化的機器運作停頓，身體各部分出現痛楚反應，曲詞音樂逾越語境而引發創傷性的大規模回溯檢閱。「她抱著我，我感到生命的創傷都湧過來又被推開去。我竟然懷疑我跑了老遠來，費了這麼大的勁，供養了另一段生命，可能都不過是為了這些永遠不會被滿足的、黑暗的安慰。」（游靜：〈我無法想起你的臉〉）

「穿越」令人想起橫向水平的方向，像穿過一條長廊或隧道：但它其實更像直線的上下運動：你掉進一個井裡，冰涼的水令你身體沉重，你仰望井口透入的一束光線，而那卻只是，你無法擺脱的過去。

據網上結果所見，最難穿越的是陳奕迅的〈人來人往〉。〈人來人往〉其實是一個有特定背景的故事，為它傷感的人，並不一定有一模一樣的經歷。流行曲服務大眾，但絕非為特定的個別聽眾而寫，然而情歌的幻覺還是讓我們以為，那是自己的故事；歌詞以更具表達力的方式説出了那些話，於是我們情願重複歌詞。

穿越不是藝術的昇華，因為藝術追求獨特。黑暗裡的人都敏鋭而纖細，都已經想盡了辦法擺脱。而這樣的人，最容易沉溺，因為我們都傾向以為自己的苦難是獨特的。是以要集體、聲嘶力竭地，唱熱播流行曲。

我們故意走調，唱得像叫口號：「閉起雙眼你最掛念誰／眼睛張開身邊竟是誰」。

所有的身體同時微微一震，像中了一道輕微的暗箭。這是陷阱，指示聽者去定義出掛念與身邊之間的裂縫，其結果必然是失落。它指示聽者從當下的處境割裂，指示缺席，而缺席暗示在場。穿越失敗了，誰也不必說明。

然後我看到那些已經離開的人們都來了，以幽靈的形式。他們沉默地坐在被他們離棄的人身邊。K房變得太狹小。而黑暗中我的朋友們呢，也有別人在唱這首歌的時候，想念著他們吧。他們也會以幽靈的形式，沉默地坐到別人身邊吧。靈魂來往飄升，K房裡其實空蕩蕩。熟悉的身軀空洞，陌生的幽靈沉默，我一個人唱歌。誰勉強娛樂過誰。

寧靜致遠

Ataraxia又作ataraxy，被譯為「寧靜致遠」，出於公元前四世紀的古希臘：極端懷疑主義哲學家皮浪（Pyrrho）認為，根本不存在確定無疑的事物；因此，不判斷任何事情，只有這樣，才能避免恐慌與焦慮，獲得平靜與安寧——即ataraxy的心態。

齊澤克將這種面對常理秩序的崩潰，理解為「符號性賜福」。簡單來說，就是我們面對最深沉的創傷時，無可名之的一股力量，令我們與該種創傷拉開距離，讓那種創傷變得可以理解。齊澤克稱，得到這種「寧靜致遠」/「符號性賜福」，等於（符號性的）「腦白質切除手術」，需要，付出代價。「腦白質切除手術」是弗朗西斯．法默（Francis Farmer）被迫接受的手術，而其母親將這種手術施之於法默，目的是為了讓法默在美國的日常意識形態中活得舒服一點。

法默一九一四年生於美國，年輕時已以撰寫激進文章而名噪一時，曾作為學生代表而訪問蘇聯。她一直與社會格格不入。成年後的法默學習戲劇，進入荷李活成為明星。她當然無法接受荷李活的風氣，其母親又企圖控制她。最後她被送入精神病院，更施予腦切除手術。這個故事的結果是，荷李活把這個故事拍成了電影搬上銀幕，「把有價值的東西毀滅給人看」。

這種殷紅色的故事，大概是很令我這種傷他悶透的小資明白和投入的。

＊＊＊

大概是一年之前，有位可敬的前輩，與我由大埔搭火車回旺角，他問我最近在煩什麼。我說，覺得香港沒有可以看的文字傳媒，閱讀環境很嚴苛，對七百萬人太不公平。他露出花崗岩一般的笑容，說，這又如何呢。然後，他跟我講了電影《紅伶劫》的一個場景：女主角本來是很有想法很社會主義的一個人，大概是結尾時，她坐在精神病院裡，安詳地說，世界繼續在墮落和變壞，但我不再關心了。

如果我沒搞錯，那就是弗朗西斯·法默。我發現這件事的時候，心想，前輩真是太看得起我，我這種退縮的小資還沒忍受過像法默那樣的痛苦，也談不上要做手術，這種對白由我來説並不 appropriate。

事實上，以我們這種娛樂圈的世代來説，法默的形象很接近某些神經質的城市中的動物。我想應該不止我一個見過：有些動物無法分辨自己和其他東西（如人、車）所各自隸屬的空間，牠們亂闖，驚惶，找不到規則，結果，死得很慘。我見過一隻會闖入大學火車站閘機的小貓，次日清晨在車路上被輾成兩截；一隻不懂得向上飛又怕人的麻雀，跳來跳去終於跳到車路上，被一架巴士輾扁。最近一次是寫論文的時候，有一隻貓在門外不斷地叫。極瘦的牠不知怎樣從鐵門的縫中擠進我們四戶人的走廊，又把頭擠在鐵門的縫中，向外不停地叫。我心想不像我一般徹夜不眠的人大概會覺得牠很吵，這對牠很危險，便倒了一碗水放在門口，又把鐵門打開。牠飛一般竄得不見了影子。然而次日中午，牠又不斷地叫起來——牠不知為什麼又擠了進來。我又去把門打開。牠又竄了出去。這次我跟著牠，牠見我跟著牠，便跳上一扇斜撐向外的窗玻璃之上。窗外無可憑藉，我住六樓，足以把牠摔死。而牠在窗外，又像在鐵門的縫中一般連綿地叫。牠眼看是進不來了，我找了一條棒子想讓牠攀在上面以便把牠帶回來，牠嘶一聲伸出利爪來攻擊我。我去倒了一小碟牛奶想放在窗台讓牠喝、引牠進來，牠仍然嘶一聲嚇得我向後一彈。

我回房時想，我在做論文，牠死了我也不會很激動。後來我從街上回來。貓叫聲已經停止，貓已經不見。牛奶結成薄膜在碟子裡。我由始至終，都是痛苦的目擊者而已。真正死去的不會是我。

而到很久很久之後的現在，我才明白，前輩並不是說我和法默之間具有類比關係。從他自己的實踐來看，他只是練就了花崗岩一般的笑容，他並沒有離開那個社會的世界。想到有一天，自己能夠安詳地說「世界繼續在墮落和變壞，但我不再關心了」，這個作為否定性的結局支撐目前延續的關心。內心深處的被動維度，支撐現實層面的主動維度。簡單來說問題是，我們這些搞文學的所總是需要的，是一個「否定的可能性」，因為我們所理解的自由，總是與「否定」相關。這個道理和尼采說「想到自殺是個很大的安慰，因此我們就能度過許多個無眠的夜晚」是同一道理。想到最痛苦的影像不過如此，我們也許可以在切除腦白質之外，享有短暫而不安穩的，寧靜。

＊＊＊

九月一日晚，在性學會和非正規教育研究中心的聯婚活動上，遇到游靜，得知她會到台灣教書，並搬到澳門住。其實不是那麼嚴重的事：她說，若覺得生活太寧靜了，一定會回香港來。我不想傷他悶透。我不想傷他悶透。我理解到這是因為我作為一個主要由文本認識她的研究者，從枝椏被修剪過的文本裡，看到一個顛沛流離氣急敗壞，永遠以傷身的方式發問問題，看到偶然性又不放棄戰鬥性的女子——總有人會明白的：一個寫《不可能的家》的作者，搬到澳門，是一個可以挑起多大傷感的姿勢。她已經爬到社會階級一個不錯的位置，但她不能在她所愛的地方住下來；她明白的事多我十倍，但終於要以放棄的形式去重新築構關係。而我檢視種種住在這個城市的不如意，始終結論為不願搬到別處——這不過是證明，游靜的難處，我不懂得。城市令我們互相感染和懂得，最後令我們因不懂得而渺茫地關心。在否定性辯證的燭照下，我們之間的聯繫明滅不定。我承認我十分傷感。

悲悼、憂鬱、工作狂

安撫寵物逝世的主人之彩虹橋網頁（rainbow bridge），列出悲悼（mourning）的五個階段：一、否認事實、自我孤立；二、因為無力而產生的憤怒（隱含罪疚）；三、希望重掌主導權而討價還價；四、抑鬱（depression），因失去而悲傷和後悔，進而擔心其他人際關係，或更私密複雜，須安靜地與寵物進行單獨的告別；五、接受，這階段是冷靜與抽離，有別於抑鬱，無關勇氣，並不快樂，且非人人可以達到。

老狗逝去，我難免如被霧圍繞，動作緩慢而聲音低啞，自世界撤退——可被定義為憂鬱的病徵。網頁所載參考心理學裡絕症患者的反應研究，大學時已經讀過。關於抑鬱，網頁的處理方法很簡單：他人的安慰與擁抱。這大概於我無效。我冷靜而抽離，卻無法接受。弗洛伊德的《悲悼與憂鬱症》中提到兩者的分別：悲悼者在意識中清楚知道失去了什麼，而伴以痛苦的抽離與紀念；而憂鬱症者則其實不確切知道失去了什麼，只感到痛楚的沮喪，對外在世界的一切失去興趣。不過，奇異的是，悲悼症者因為失去而覺得外在世界貧乏空虛，但憂鬱症者則認為空虛的是自身，而非外在世界。憂鬱症者把作為他者的失去物與自身等同，將「失去」內化為負面的自我認知，於是外在物的失去就等同於自身的缺失與匱乏。憂鬱症者大量地製造無理而密集的推論，去解釋自己與所失的關係；弗洛伊德說悲悼者關注世界，憂鬱症者關注所失物本身，齊澤克則修正道憂鬱症者擔心的不是失去的物件，而是擔心自身與所失物的關係無法維持。弗洛伊德認為憂鬱症有自戀成份。周蕾就是使用弗洛伊德的框架，去批評漢學家宇文所安（Stephen Owen）推崇中國的古詩而貶抑當代新詩，是一種自戀。

弗氏提到憂鬱症者會失去愛的能力，卻或會尋找代替物。我便想到蘇珊桑塔（Susan Sontag）《在土星的標誌下》裡寫本雅明，作為一個憂鬱症患者的不忠——無情地拋棄朋友，發現自己對青年運動的同志不再感興趣的時候就拋棄他們。桑塔很尖刻，說挑剔、固執、極其嚴肅的本雅明也會奉承看來高於自身的人，「知識生活的王子也可能是一個弄臣」。但本雅明對物的更高層次的忠誠，與其對人的不忠，乃互相支撐的一幣兩面。憂鬱症者本雅明深入世界的方式乃是透過物，而非人。桑塔也無保留地讚美：「完全是因為憂鬱性格經常被死亡所糾纏，所以，憂鬱症患者才最清楚如何閱世。或者，更確切地講，是世界向憂鬱症患者而非其他人的仔細拷問屈服。事物愈沒有生命，思考事物的頭腦便愈有力、愈有創造性。」

一般學理上認為憂鬱症的相反不是快樂，而是活力。所以我更訝異於桑塔發現了厭世的憂鬱症與工作狂的關連。她從波德萊爾去推論本雅明是工作狂。是的，以頹廢著名、罌粟叢生的《私密日記》裡，波德萊爾一面說自己缺乏自信所以無法從事革命，但一面又說出「如果不是憑興趣，至少也得因失望而工作，既然事實已完全證明工作討人厭惡而不是討人喜歡。」這竟是近乎把工作視為不可爭議的義務的態度。桑塔說憂鬱症者即便痛苦也需要孤獨，因為他們要集中精神思考和工作，因此永久性關係、自然情感對他們來說都是負擔與自由的剝奪。是以紈絝子弟如波德萊爾，竟會說「愛情之所以令人厭煩，是因為她是一種人們不能不成其同謀的罪惡。」「給我力量，讓我每天都能迅速完成任務，並因此成為英雄和聖人。」你真能相信這句子出自波德萊爾嗎，它熱烈得幾乎讓人覺得是反諷。

像一名女教師，桑塔冷靜透徹地指出：「憂鬱的人所表現出來的工作作風就是投入、全身心的投入。他要是不投入，注意力就渙散。」從中學開始，我就喜歡在紙上作計劃，人手、時間、方式，上課時擬好，小息和午休進行，走廊上跑來跑去，做三個人份量的工作。而唸研究院時，我的電郵名字叫melancholia，不少教授大感有趣。人們看我的文章認為我是憂鬱症患者，認識我之後還是覺得我是活力無限的工作狂。以幾乎可稱為瘋狂的速度出版著作的斯洛文尼亞馬克思主義精神分析哲學家齊澤克，這樣形容自己的工作：「每三年，我都會擬定一個研究計劃。然後，將之分為三個由一句話組成的段落，我稱之為年度計劃。在每年的歲末，我將自己研究計劃未來時態改成過去時態，然後稱之為年度報告。我是一個具有完全自由的絕對的工作狂」，自述其任意的寫作計劃時那麼沾沾自喜，齊澤克卻同時又形容自己的文章內裡實則是「絕然的冷漠」。這完全結合了憂鬱症者熱情與冷漠的弔詭。我只能說，對於快樂和厭世我都心領神會。我以為所有投身世界的人都有權憂鬱，只看他們是否選擇以此自稱，考慮到為己為人。不，我並非說所有憂鬱症患者都是工作狂，我想說的是更偏激的逆向推論：所有工作狂都是憂鬱症患者。健康工作，萬念俱灰，人人如此。

記憶隨身

和人大吵的時候，對方說「道歉對你而言是沒有意義的」，我心想你這小子怎麼知道，我和你可沒那麼熟。後來我找到了這段書抄：

然而，「抱歉」是多麼詭異而歧異的一個語彙，所有的抱歉之語（對不起、我錯了、失禮、請見諒之類）都不能免除這個抱歉者「已然」或「既然」的一個強硬立場；抱歉是一個迫使抱歉對象接受已然或既然如此之事實的字——事實容或是發生之中或發生之後，則抱歉這個語彙正暴露了它的無效性，也唯其在理解了抱歉的無效性之後，我們才能重回apology這個字的雄辯淵源，它的意思是辯護。其實，它的意思是辯護。

視文學為「苦悶的象徵」、「人生的投影」、「苦難的救贖」者，恐怕無從體會：文學工作只是它自己的辯護，而這辯護之所從來，乃是由於文學（詩）無法和人（人所以為的）它所映照的廣袤現實逐一對應。相較於正義、公理、世事、時局，哪怕是相較於天氣和愛情，文學或詩之單薄脆弱似乎不言自明——它只能鮮活生動地顯現在紙上。

——張大春：〈迷路的詩．序〉（楊照：《迷路的詩》）

於是我在這個意義上喜歡張大春——儘管他多麼滑頭，但在某些關節，他知之甚詳。有機心的人的誠懇，就是承認道歉的不可能——這種誠懇還有一類贋品，就是聲稱明知無效而樂得清閒。真實不能停止贋偽的衍蔓，我不能停止自己辨認。

抄下這段書時是二〇〇〇年，我還在使用s976274@cuhk.edu.hk的電郵。這段文字裡有其對於「懺悔錄」和「歷史」的脈絡，初讀那時無意指責文學無法對應現實——但我畢竟還是留意到了「無法對應」。而自那時開始，在人際關係層面上的看不開，算是達到了一定高度。

＊＊＊

是的，自此之後我接近完全不信任道歉，大部分直抒胸臆的書面剖白亦打個七五折，寫給我的詩殃連打折。開始寫作以來，就和太多寫得太好的人周旋，結果我誰都不相信。喜歡寫情詩的人大概不忍説破（像鴻鴻的〈情詩為自己而作〉説得多麼清淡高遠），就讓我用一種商賈的語氣來説吧：我這樣辨認某人的情詩能否竄紅：那些詩會否「被認錯」。即會否被對象以外的其他人認錯，誤以為是寫給自己的。錯得愈厲害，證明情詩質感愈強，將愈受歡迎。

這就是「無法對應」的力量。

所以我不寫，也寫不來。與某些前所未見地具有突破性的詩相比，我寧願相信別人在公開場合一發不可收拾地抄著的《戀人絮語》。尤其因為我不喜歡《戀人絮語》。

* * *

軟硬演唱會，賣的當然是記憶。全場人為整蠱電話而會心大笑，並沒有怎麼聽過軟硬的我感到他們所覺得的溫暖。葛民輝很擅長學習無聊的細節，他假扮之維肖維妙在於連那些停頓和猶豫和重複都像真的一樣——這些領悟都已過時了吧，被無數人領悟了無數次了吧。演唱會算是好看，但我始終感到某種不對位——軟硬自嘲地問「難道大家進來只想聽我們重新做一次整蠱電話？……」我懷疑，是的。這是一個大賣「集體記憶」的場合，但我懷疑軟硬所擅長的或者不是回憶——他們始終善於捕捉商業運作裡的某些必要之惡，然後放大、反諷，撫平參與者的不自然，召喚某種「搵飯食啫」的包容，某種在心知肚明的前設下，毫不費力只需一點聰明的幽默。我和詩詠就是這樣接受了手上那對「fantastic！」——當然還有手機螢火蟲，電子機械重設童年的夢幻、浪漫象徵——我因此深信軟硬（或起碼林海峰）強項，是那種「唯有我努力面對目前」的帶領性，而非追溯回憶。

林海峰講軟硬結識過程，如何從明愛白英奇到商台，日夕相對到拆夥分道——中間明明是有一道不可言説的斷裂，引發無窮詮釋的斷裂，怎麼也不能輕描淡寫地訴諸「太忙，沒溝通」就掩埋過去。記憶無論如何都涉及敘事，而追求圓順的敘事只會放大裂痕，就算林海峰如何靚仔，在這個環節他沒有幹得漂亮。我只能揣想，那種中午放lunch衝上其中一人家裡煮麵的方式令「同黨」之感如何強烈，那種每天清晨一起搭的士返工、一人截車一人備早餐的習慣，又是怎樣在無所謂的情況下崩潰的。

不知要到什麼時候才忘記那個晚上。甫開場，就是主題曲《Long

Time No See》，當然是「全場人嚟大嗌聲好久不見」那種。我敲著手上的「fantastic !」，Long Time No See四個字隨著滿場「fantastic !」的運動以嘈雜人聲的形態齊整爆炸，我知道了將來會發生的事。啦啦啦啦啦／全場人嚟大嗌聲啦啦啦／湖互惡烏污惡／我嗌你啦啦啦／你有無聽見。這麼多陌生的人憑藉無意義的句子衝入你的核心，代人講對白上了身一樣。整首歌變得無限辛酸。我對好久不見這種主題無可無不可，但我只是來聽演唱會的，沒準備好遇到啟示和預兆。那天是八月二日星期三，三號風球，沒有毀滅任何東西。

回頭再說，「捍衛地球」，這種姿態才是真正的進可攻退可守，說出來又口響，沒人拿你當真，詮釋一下說不定還算做到了，真係做到更是超勁——贏晒。長期與善於使用語言但不能兌現承諾的人相處，在離身一點的時候我會能夠欣賞「大話」的完美策略位置。我覺得軟硬演唱會的真正弱點在於，就算把捍衛地球幽默地接受，我還是感受到台上二人不知將來怎辦好的不踏實感覺。他們還未想到要幹些什麼，只設計了一個「捍衛地球」的聰明口號。That's fine, as artists.

＊＊＊

七月三日論文口試。七月二日晚突然大崩潰。溺水一樣打字上msn：「崩潰了」。對方見連字都打錯，知道大鑊。我都不知我們說過什麼，總之哭累了就睡覺去，口試講稿亦沒準備好，一如論文的後半部分，期期艾艾蒙混過去。

其實那晚是聽了黃耀明《身外情》。我並不特別喜歡這首歌。它麻煩的地方在於，它是我其中一個拒絕了的世界，柔軟、清澈、遙遠、豁然開朗、留有餘地。「雲過天清，忘掉我們曾盡興」，全都錯了。沒有雲過沒有天清，沒有盡興沒有我們。問題在於，有沒有忘掉呢？「忘掉」是及物動詞，若沒有後面的賓語，它是不能成立的。另一方面，「沒有忘掉」，是怎麼回事。

這是一個怎麼回答都錯的問題。

＊＊＊

我後來所仔細思考的是，在獨居的隔音的屋子裡，為什麼要乾嚎呢？然而重複發生之後我終於明白，那是身體的決斷：它喜歡抽搐與痙攣，扯動氣管連接的心肺，喜歡呼吸困難。

我始終堅持，在我所拒絕的許多世界中，《身外情》的世界並沒有什麼額外特別的。並不是我與之特別接近、拒絕特別困難，才會有上述的「身外情效應：身體的決斷」。然而，對獨特性的否認背後，涵蘊了界限的模糊——即可以在任何毫不相干的情況下，引發抵達核心才會有的崩潰、實在界的漂浮。如果我堅持現時，並沒有對我所居住的世界的適切表述，那事情就更怪了：與一般代表著才能的獨特聯繫方式不同，我的聯繫全都是錯的，而我的身體就在錯誤裡自行決斷。無法排除任何錯誤。

當然，這種無限美好的，錯誤的神遇，我只到達過幾次。

***

七月和葉寶琳去求寶蓮寺觀音靈簽。其中一枝是這樣的：

第二十簽　中簽　姜太公遇文王

當春久雨喜開晴。玉兔金烏漸漸明。

舊事消散新事遂。看看一跳過龍門。

好到自己都嚇一跳（咁都中簽？）。事實上那次求的一大堆簽，都是好到我們兩個都嚇一跳。葉寶琳簽的主題是「守舊」，我的簽則在在暗示要「前事不計」。嗯嗯，如果他日我眉飛色舞黃袍加身，必定是因為我前事不計了。因此，在美好的未來到來之前，在那些門縫後的光照到我面上讓我涕泗縱橫之前，我已知道了。

但我不要。無論如何痛苦，我還是要留在那個換算等值的世界，指認未曾勾銷的前事。就算我所有的計算都是徒勞並無可告語的，就算我所有的計算都是錯亂而且虛構的，並因此而背離人生所有的好運，我都不要。

不相干（的謬誤及其愉悅）

獨居的日子裡我常流連於太子與油麻地之間的公園。均是深宵時份，街燈深黃，樹影暗示隱匿，各種的氣味無法穿透我敗壞的鼻子但微末的雜聲混成一張寬廣的布幅覆蓋我、鳥、蟲、風、樹、野貓、車子，傷心的人對電話的咆哮遠遠傳來而我的心變得很安靜，借著燈光再看手上的書本。會有電話，遙遠親愛的朋友傳來節日的祝福，或者願我生日快樂；他們詫異於，重大節日關頭，我竟然總是在這些狹小髒亂的雞籠公園裡。

露宿者臥在遠一點的石櫈上。情侶起身離開。佝僂的老人是一團深色而無法看清的影子。安靜的棋客圍觀無聲。流鶯因為我的存在而保持距離，而我多麼希望我對於她們的干擾是輕微的。我喜歡我們分享同一個空間，而我們的故事可以毫不相干。我有一間完全屬於我的屋子，裡面每一件事物都與我有關，銘刻著我的味道與日常軌跡，連塵埃都無從推諉。而我，有時，只希望一切，毫不相干。

* * *

我總是在異鄉錯過時刻，迷路，坐上錯誤的公車與火車，誤去一個個站。而我總是無所謂。設若，來到異鄉是為了接觸陌生的事物，那麼我們其實無從比較，途上遇見陌生的風景與設定要去的地點，何者更為重要。我們怎能比較，陌生的事物群中，何者更被意欲？你能選擇你的陌生人嗎？故我心安理得，旅行時作無傾向的接近盲目的流動。

於是到最後我常常哪裡都不能去，拖著一雙朽敗的腿，無人時卻仍在微笑。後來我發現，那是招待客人時，客氣的微笑。在無人認識的異鄉作客，我要招待誰呢？世界是我的客廳嗎？我心底意義上的客廳，難道其實是世俗意義上的客棧？而無論客廳還是客棧，我，理應是主人。那麼，難道這樣一種旅行的心態其實是，以放棄熟悉者為基礎，到達陌生的地點，然後重新讓自己生產一種擁有世界的幻覺——一種微弱但新生的，有某種神秘不可言狀的安全感包裹的，主體感？弔詭吧。卡內蒂說，成為一個陌生人比迎接一個陌生人更值得。他真是說得輕鬆，並不是人人都能在迎接陌生人之前就懂得成為一個陌生人啊。尤其我生於一個小而無歷史的城市，難免目光如豆。

熟悉的地理，親密者的互相傷害，我猛力砸爛心愛的盤子，而連所有的碎玻璃都有歷史，只要稍一注視，它就勾動龐大而瑣碎的人際脈絡，詮釋、反駁、連結、循環、預測、一粒小石子在鞋子裡放大成不可跨越的山麓，不可則止。那顆石子，當然也就是我自己。我自己由不可勝數的旁人組成，然後絆倒我自己。旅途的快樂也許僅僅在於比較：遭逢陌生人的困難，有時比產生於親密的困難，輕微一點。

陌生令人不適，在於陌生性讓我們離開我們自己。而有些什麼時候，我們希望離開我們自己。

＊＊＊

當飲江與一些句子相遇之後，他就寫了許多關於陌生、邂逅、握手言和的詩，讓人在他的詩裡與連他自己都不認識的事物相遇。《冥想車廂》裡先徵引柏斯的句子：「面對面的兩個身體/有時候是兩顆流星/在虛無的空中」，然後詩跳入當代香港的都市場景，地鐵內陌生人相遇——擠得鼻尖壓鼻尖，太擠迫的環境裡，對面的人雖終將如流星消逝，但終於連冥想的空間都沒有——而飲江始終有餘裕，他想像這樣密不透風的人際接觸再災難性的接近：如果地鐵出軌，陌生的二人抱著自己不為人知的想法，來不及認識，死去而成為漂泊的靈魂。詩在這裡的洞見說來簡單：「素面相逢消逝中的／消逝者呀／你必須挪開你的鼻子／我才能／看一看你／然後／冥想」。陌生者距離的弔詭，除卻「迫地鐵」這現實的經驗，更關鍵的是，飲江在詩中，藉想像共同的死亡來製造邂逅漂泊的空間。這像一個裝置，讓讀者的靈魂隨詩那斷碎的分行中，從令人生厭的過度接近中挪開，而體味了漂泊與邂逅。這，就是文學的述行（speech act）性質，作品令閱讀經驗成為幾乎是另一些經驗——用更通俗的語言來說就是，說有光，便有了光。

我們在飲江的詩裡咫尺天涯。所以，徵引飲江是一件很古怪的事。被斷章徵引後看來，那些句子平淡如水，剪碎又連綿如雨，彷彿除了拖慢閱讀節奏之外毫無用意。然而必須跟隨原詩，將節奏拖慢，然後方能進入那個冥想的空間。然後我們可以對陌生人、他者，友善，重新組合異／同的參照座標。這其實完全就是「廣場」的邏輯：足夠的空間，流動，或許有限然而無條件的善意。

陌生人主題座標：（不）相遇。飲江有兩面的處理：一方面，陌生的人，總會在時間的某處、生死泯滅的某處相遇，擁抱，像《Somewhere……

東岸書店見智海畫作〈The Promenade〉有感》想像對立的兩者，「你看我一眼／我對你微笑／／若不在生前，定必在死後」。陌生的對立者，通常在主題層面指向友愛，在現實層面則以戰爭為情境。《一個人的聖經或核戰翌日》，其形式與內容便有弔詭的辯證結合：「Imagine all the 黃絲帶／繫在異己的花園／倖存的拳頭／捶打倖存的胸口／所有口語口音口頭傳說／都說／同一說話」，以混雜的語言去處理「同一」，唯其如此，詩有了層層雲捲的辯證。

陌生的邂逅是愛情，還有一步就到永恒。《七段狐言》中，狐女來臨 one night stand，而之後男人與狐女交換頭顱，作為牽繫——而如此，二人交換男／女、人／妖，彼此都成為了自己的陌生人。緣份、機遇，其實就是一種異化。甚至，緣份的測不準定理是，命中註定必須遇見的人，卻終於沒有遇見：「當不被觀察的月亮／存在／存在者／醒來／／醒來／想到人群中一個未知的靈魂／深愛自己／又不為自己／所瞥見／這遺憾／無限傷感／／無限傷感但值得／沉沉／睡去」。改變沒有發生，一種安靜的哀傷。而「存在」——「不為自己所瞥見」這領悟——睡去，三者關係如何？是我們認知到自己錯失了某個可能性，方算存在，還是惟其錯失了某個可能性，我們才能存在？後者此一認知，算是醒來、還是睡去？

飲江的句子連意象都不多，但會揮發出「可能性」的無窮魅惑。參透世理之餘，飲江寫詩給兒女時，還是有一層溫柔的情感之霧。「陌生人是天使／他者文殊／五台山在你握手的手裡／……／每個人都是智者如果／遇到智者／而除非你是智者／如何／你會／遇到／智者呢／朋友／陌生人／不比／你對你／自己／更陌生啊／成為智者吧／智者如是說／努力成為智者使得／與你／相遇／的人／（比如我）／或佢／得以／成為／智者又相遇／成為／智者／／咁　唔係好爽咩」（《陌生人是天使——給阿丹阿石》）。

整個邏輯是顛倒了的：如果可以不須遇見人而自足成為智者，那麼本不須考慮相遇的陌生人；如果本是智者，那麼根本不須在意如何才能遇到智者；總之，在自力更生的成為智者的路上，飲江呃呃哄哄自我推翻，但依舊想向兒女提出兩個可能：一，陌生人是智者；二，相遇的人會互相影響，使彼此成為智者。

而誰說我們一定能成為智者、誰說陌生人一定是天使呢。萬千的可能性裡面，有好的、好到超乎我們想像的，也會有壞的、壞到我們難以承受的。飲江堅持談論好的一面，讓壞的可能性成為那未實現的世界的一道柔和的陰影。而飽經挫折、割裂和分離的人們，被詩從現實中提升，回到一切尚未實現的世界的神秘起點，同時保有自身的創傷記憶，眼瞳裡反映出一個自己本來不可能到達的輕逸起點，詩的神秘的療癒之力，這就是飲江那些短促又綿長，輕鬆又溫柔、幽默又玄妙的詩，常常讓我們淚流滿面的原因。

＊＊＊

僅僅是流動的空間，就可以暗示彼岸。一如，風讓人類揣想飛。

短訊

很長時間都不使用sms短訊，因為我只喜歡用倉頡輸入，而手提電話裡的輸入法我一概不懂。手提型號又舊，別人寄來的表情符號和圖片都無法顯示，別人寄給我，也不回應。後來總算會回一兩句的短訊，但始終不太適應短訊的溝通環境。有時會收到很嫻熟於sms溝通的友人短訊——像生日時，吾友王細祝我在路邊隨時遇到心中偶像，而她前天生日了我還是想不到等價的祝福——就覺得羨慕和慚愧。

不回短訊的好處，就是別人不會寫太好的短訊給你；那麼，就不會有太多在意的短訊留在電話裡尾大不掉。以前我的郵箱不算擁擠，只偶然留下幾個在意的短訊。但在意的是什麼呢，每個人都有其說不通的偏執，向他人說明也是徒勞。

記得二〇〇六年春天，我在街上呆逛，雙目失神地走在旺角新之城商場，商場裡的少艾滿身綾羅花繁蜂擁，潮濕的天氣令人覺得這些美麗都是黏膩的——我處於一種自世界剝離出來的離魂欲望中，否定世界然而馬上又否定自身，萬千轉念間，突然決定要把手提裡留著的數個短訊刪掉。我把那幾個短訊按出來，發現所留下的，全是「快到了」、「抵壘」、「在門外」、「已在你家」之類的話語，這麼統一以致我覺得非常悲愴：不過就是成功的召喚、確實的到達而已。而「到達」本身的意義竟然完全凌駕事情本身，而它本來只是一個不承載任何意義的標誌，如一個虛無的煙圈。留著已是無益的愚昧，刪掉時還竟然痛苦。雖然召喚而到達是美好的，雖然夏宇說因為離開已經無效但是到達仍然神秘，雖然文字記錄比一切都神秘，但看在旁人眼裡大概還是太可憐了。我在那個以二十歲以下少艾為目標顧客的廉宜商場裡呆立當場，體味到所謂崇高（sublime）——刪掉幾個毫無意義的短訊竟然這樣難，舉手之勞而成其為錐心刺骨，那像是一種壓倒性的外力把我擊潰，常理解釋不了的失敗。而那種執著之無謂是明明白白的：每個人的人生裡，成功到達的次數都是無限的，如果不是因為曾經狠狠的失誤過，不會如此偏執於召喚而到達——召喚是黑魔法，無節制地使用便會出現反噬，把自己靈魂削弱、容貌變醜。並且，別人可以從你所重視的看出你的缺乏，因此再抽象的重視都是示人以弱。

而後來我畢竟把那幾個短訊刪掉了。一個袪魅的儀式。

我相信過多資訊極可能演變成失控，於是總無法決定把哪些電話號碼儲存到手提裡。既然最熟悉的人、最常打的號碼都會背下來，那根本不需要把號碼儲存到手提裡。但反過來說，如果所有記不住（亦即不常用）的號碼都儲下來，數量又一定很多，到頭來根本不記得自己儲存了什麼。於是我的電話簿常常等於廢物。皇后碼頭清場那天，我被警察抬出來那段，因為電視全程直播，很多人都看到了。於是收到很多非常溫暖關懷甚至激動的短訊，有的很短，就是中學時同學玩耍語氣的問候，有的很長，講述從來未對我說過的，對城市發展方面的個人情感反應，激動的句子，像夜裡一聲長嘯，來自垂危的動物。但我竟然泰半記不起來自誰的電話號碼，好幾天後才慢慢弄清。弄清與未弄清之間的隙縫，我看著這些好意，深深明白而且懊悔，我全速亂滾的生命裡，實在有太多可以細掘而無從澆植的友誼，和經歷，都要從我那容量有限的腦裡，無可制止地消去。

弄清短訊是誰寄的之後，電話也丟了。那些短訊在空氣裡消失無蹤，情感固然無所憑證，更失落的無非是，那些平凡市民對城市的關心，我竟無從證明。

二〇〇七年夏天，不知與皇后碼頭有沒有關係，我在三個月內遺失了四部電話。回想起來這不能不說是一次遺失，像生命裡陡然撕去了一頁。我無法記得那些遺失的號碼，而若有得選擇，也斷然無法捨得那些短訊。但以一種虛無而自我中心的口氣來說，這樣也好，便不用自己選擇刪除、清空信箱——無比細緻纖就的句子要求調笑淒酸甚至虛擬的擁抱和吻，如何排序篩選抖落？只好交給隨機的命運，以丟失的方式替你刪除。世人如此。否則生命便再無空隙。

多餘的話

後來，我想，我們常說，像「有些話我當你是朋友／密友／戰友／親人／愛人，才講給你聽的」之類的話。彷彿那是最寶貴的話。心裡有話語在流淌，必須說出來，而又擔心某些人不願意聽，於是選擇信任的對象；可是畢竟也不是真的信任那些對象，於是才要加上這個前提，再度首先肯定彼此的關係。

這也像一種禮物或者囑咐了，托給信任的人。可是，這些話語，有時還是會惹來讓人不快的結果。那些我們認為是親密的人，未必能承載我們的期望，給予我們所認定的支持回報。我們以為，親密的人就是自己，但其實，他們還是和我們不一樣的人。他們有自己的背景、思考、愛憎、煩憂，終於像一個影子一樣，默默在我們滿懷期望的眼中遠颺、淡化。

有時，當一切蕭索，孤獨的風吹進心來遍體生寒，回頭想想，其實，那可能本就是全然不該講的。那也許是，除了你之外，全世界都沒人想聽的話——你要求的溫度，是全世界只有你才能滿足的。

臉書微博等等個人媒體，誠然是本世紀扭轉性的發明之一。它改變了版圖：我們每個人，可以暴露在他人眼前的版圖，已經全然改變。它讓世上所有的瑣屑有了出口。

網絡的即時、直接通訊，除非是見面的，不然其實是如同閱讀一般，讓別人的話，通過你自己的口眼心，讀出來。閱讀會讓人覺得，作者寫出了我們的「心聲」，讓我們激動、崇拜、低迴、領悟，投入極大的情感支出（emotional expenditure），甚至願意付上一生的記憶。網絡更容易讓我們，以為別人就是自己。其實，那就是我們心裡的聲音，發出孤獨的共鳴。而聽到自己心裡孤獨的共鳴，或者，就已經不是人人都能忍受得了，像夜半鏡子裡看到自己的倒影，有些人會嚇著，以為是鬼。原來讀到自己心聲，其詭異處，猶如見鬼？

少年容易自我中心，但到人大了見事多，心裡就有個底子——有時明知是虛託。不如不說。然而，話語控制我們，純然的，表達欲望。心理分析說，欲望是不能滿足的，它必然要不斷衍生、溢出，一種令我們瘋狂的驅力。

臉書也有臉書的解決方法。可以限制讀者範圍，只選給某些人看。又或者，乾脆講得沒人懂。要麼更徹底，開個假戶口，一個相識的朋友都不要加，把那些要講沒講的話都講出來，沒人見。拋到汪洋大海。就是不要人懂。但偏偏要人看到。

那是不是像，遊樂場壁上、學校抽屜底、巴士靠背後，無可控制的改錯液塗鴉。

老一輩的人，或者很難明白，有些少年人，把自己病弱、傷心、黑暗、自毀的訊息，都發佈給別人，卻不聽人勸，有時連有人關心回應都覺不快。少年人容身網上的其中之一方式，便是披露自己的心情與生存方式，要人看到，卻不要人介入。

游靜有一首少作的詩，寫於一九九一年，很能透露當時壓抑的青春心情，叫〈不說〉。裡面說，「不寫／的日子比較乾淨」，世界充滿騷擾的雜音，卻容不下心底憂鬱的愛。「水池承受／映照樹與雲的痛苦／因為它所映照的／非樹非雲」，總是容身不下，總是格格不入，總是超越既有定義的模糊事物。然後是清通的結尾：

如果不寫
要趁人不在的時候
找尖叫的角落
如果寫
何妨是詩

無法說出來的話，人們不免想到詩。我以為詩是應該說出來的話——而莫非它都由不應說出來的話轉成？渾渾噩噩，無形的重量，無處可去的語言，挑戰我們的承載能力。它終於是超越個人意志的，最後呼應我們的，是莫名的風。莊子說「天籟」：

子綦曰：「夫大塊噫氣，其名為風，是唯無作，作則萬竅怒號，而獨不聞之翏翏乎？山林之畏佳，大木百圍之竅穴，似鼻，似口，似耳，似枅，似圈，似臼，似洼者，似污者。激者謞者，叱者、吸者、叫者、譹者、宎者、咬者；前者唱于，而隨者唱喁。冷風則小和，飄風則大和，厲風濟則眾竅為虛，而獨不見之調調，之刁刁乎？」

子游曰：「地籟則眾竅是已，人籟則比竹是已，敢問天籟？」

子綦曰：「夫吹萬不同，而使其自己也，咸其自取，怒者其誰邪？」

吹萬不同，使其自己，咸其自取。無用、多餘的話，化而為風，不過就是自然。

記憶與書

偵探小說女王阿嘉莎・克莉絲蒂（Agatha Christine），陪我度過少年時代。幾乎在所有公立圖書館，台灣遠景出版社的克莉絲蒂小說系列都會佔去整整一個書架。白色整整齊齊一排排，因過膠而光滑的折角，書名類似老式外國電影的翻譯（比如《此夜綿綿》）。那大概是中三左右，有一天，覺得自己總是讀中國人寫的書是不夠的，想選一些翻譯小說來讀，而旺角花園街圖書館經常座無虛席，翻譯小說卻少得出奇。看到《東方快車謀殺案》，我想起在九歲離開大陸時，父親好像剛好在看同名的電影，便從架上拿下，開始翻動書頁。

在我成長的年代，並沒有現在這樣多得過份的「閱讀指南」，不過就算有，我想我也不曾理會。那些閱讀指南的設色暗示著性格：粉綠色、木顏色，線條單薄而樣貌平庸的少年人繪像，一般都是在跳躍，背後是簡陋的太陽，射出欠缺說服力的光線。在少年時期，這些完全得不到我的認同，有時簡直感到煩厭——我像在碗裡挾走不吃的食物一樣把這種形象在我的世界中剔除。

小時候，我通常是獨自在圖書館徜徉。但我想，像我這樣成長的人，並不在少數：深信自己具有比大眾高一等的選擇能力，卻未曾真的擁有超凡脱俗的眼光，於是最後難免還是參照主流——克莉絲蒂小說一直都是流行讀物吧，很長時間以來，克氏作品都是世界上最暢銷的書籍，所以圖書館才會大量購入，大陸也是一直把它當作高水平的外國暢銷讀物——只是不知為何，在香港，讀克莉絲蒂的人卻好像並不多。這種不徹底的反叛出走，一方面讓我們並未真正高飛脱俗，另一方面卻又造成了孤獨。

＊＊＊

心理測驗：

依次序說出三種最喜歡的動物，及原因。

＊＊＊

圖書館裡的遠景版小說，很快就看完了。而我又偏偏知道，其實克莉絲蒂的小說還有很多，就連遠景自己的出版名單上，都還有超過一半的書我沒看過呢。那時沒有互聯網，我也沒有毅力就此啃掉剩下的著作之英文版。於是，很長的一段時間，我都是以低度付出的方式去尋找我沒看過的克莉絲蒂，偶然在舊書攤裡看到一本小小的袋裝書《漲潮時份》就歡天喜地緊緊抱著。記得有一次在離島的圖書館，赫然發現另一版本——蛋黃色，封面是水彩畫，然而依然是遠景出版的——克莉絲蒂叢書，有好幾本我並未讀過，幾乎就在圖書館裡尖叫出聲。那時仍然是中學生，行動不完全自由的中學生；而公共圖書館也還沒有跨區還書系統。考慮到離島實在不是常去的地方，我忍痛放下了書。後來再去，卻好像再找不到了。

大學時代存書已到達爆炸地步，特地上大陸購書時多半都買學術書籍；在此同時，大陸許多出版社重新出版克莉絲蒂小說，回復她在八十年代的地位。書店裡滿滿一整架的克莉絲蒂，封面的西方色彩照片不免庸俗。然而於我，這是可貴的重逢。於是到大陸城市旅行的時候，我通常會買入兩本克莉絲蒂，在旅程中看完，回來馬上送人，有時甚至就把書留在旅館或公園裡，任它在原來的城市裡漂流。偵探小說的快感易於揮發，經不起重複。

我與克莉絲蒂的相處，也許接近常人挪用「緣份」來解釋的狀態：擦身掠過，想握住，而不強求。是到後來，我才想到，低度付出力量，而過份投入感情，這就是我們在時代裡蕩失的方式嗎。

***

心理測驗解答：

第一種動物是你心目中的自己；第二種是別人眼中的你；第三種是真正的你。

***

心理測驗其實是遊戲，無所謂準確與否，只是趣味。這個心理測驗相當有趣味，我與許多朋友玩過，從小學到大學，各種背景，都是賞心樂事。我想關鍵是，這遊戲是由答者自己提供答案與原因，自行將答案與自己進行聯繫，換言之是答者自己提供測驗準確與否的標準，測驗本身沒有固定的解釋。也許在長大的過程中，自我的形象、他人的理解與自我的理想，三者之間的落差是一直不免擴大的，因此測驗的趣味關鍵就是三種動物之間的落差。比如A，最喜歡獅子（即自以為威猛），而第二喜歡的卻是兔子（別人卻覺得A蠢），聽著「威猛」和「蠢」這些答案由答者自己的口中說出來，怎不笑痛肚子。B自視為孤獨驕傲的貓，但其實別人看他卻是集體行動的海豚，到最後，他其實不過是追求雙雙對對的燕子。C最喜歡高高在上、目光銳利的鷹，而第二喜歡的則是可愛嬌小供人擁抱的倉鼠，到最後，他的答案是龜——C當時還真處於領袖的位置上——這個遞減的路線，讓我們傳頌了不短時間。

＊＊＊

小時候看偵探小說，當然是代入破案者的身份；克莉絲蒂不注重技術層面，她的故事重點往往是性格與心理，提供大量的性格與心理細節，有暗示意義的話語，讀者磨練自己的細心來掌握這些部分真確部分意在擾亂的線索。我覺得這比著重科學、指紋的福爾摩斯好玩——較易參與。在比較對文本操作敏感的年紀，看懂了小說的程式、操作的機械，明知道揭破真相的部分往往是最粗疏急躁的，我仍然喜歡阿嘉莎．克莉絲蒂，是因為喜歡她書裡的某些女性特質。她的作品有很明顯的處女座特性：汲汲於細節，而那些細節是小型園藝花草、下午茶喝什麼、不要拿碟子裡的最後一塊餅乾之類，確然是男性寫作的流行小說所不會關注的。打毛線的瑪波小姐對紡織品的喜愛，老處女那種天真羞澀然而又往往略為多事的行事風格，克莉絲蒂寫來非常可愛。另外，克莉絲蒂也擅寫某種神經質的女性，她們與規矩的紳士們截然不同，擅長理性推敲的偵探和警察也無法駕馭或者徹底了解她們，只能敬畏和保護她們，她們不會走完全正確的路徑，卻擁有風一般的靈感，可以神秘而準確地一下命中核心，讓破案的天才也望塵莫及，如同不可掌握的亂數。至於某些出格活潑的年輕人角色，無論是出身良好而淪落風塵，還是出身低微但秉性善良，克莉絲蒂也對之表現出一種長輩女性的愛護。她以一種年長者的了解力，把一個空間裡的人的性格和人際關係描寫清楚，那個空間也因此而非常鮮活，帶著時間的痕跡歷歷在目。

克莉絲蒂活了接近一個世紀，她見證著維多利亞時代的末梢，被「新式」的生活方式取代，在這轉折的時代裡某個社群的典型反應。她筆下有過於嘮叨的舊派婦女：在每個聚會場合裡都說得太多，包括對新派時裝髮型的不滿，「真替你感到羞恥！」的誇張——中產階級、老派人士的拘謹、尖酸、絮絮不休和落後於時代，克莉絲蒂都捕捉得活靈活現。這讓我後來容易明白張愛玲的洞見。克莉絲蒂當然比張愛玲溫暖一點，她所調侃的比較無傷大雅。而克莉絲蒂始終立足於社群之內，她調侃這些人的滑稽，卻又保護了這些人的尊嚴。她關心禮儀、習俗、出身，以及尊嚴（《黑麥奇案》中，瑪波小姐因為兇手殺死平凡女僕還惡作劇地讓之死無尊嚴，而真正動怒）。那些沒落的上等人，在克莉絲蒂處是肥皂喜劇，在張那裡就成了讓人不能釋懷的，文本。箇中差異，我想是因為，克莉絲蒂本身其實是屬於那個老派的年代，調侃都總是自家人的調侃，和煦陽光在英式翠綠庭園裡灑下的小茶會裡閒聊的事；而張，我想，就以張的透徹，張實在像是不屬於任何一處。

***

某一年冬季，之後，我就沒有再試過心情歡暢的旅行。我總是一個人上路，然後在異鄉遺失東西，上當、誤點、困蹇，並無法從香港的束縛裡真正脫豁出來。去年秋天因公事，第三次到台灣，順道去九份，第三次。九份很繁華，滿山都是為遊客而開的店子，路上都是香港人。我益發感到九份的濕冷，流雲昏天，清寒入骨。昇平戲院因為潦倒失修，已經完全封閉，門口停滿摩托車倒還罷了，一架載著水泥的手推車才真是無言地觸目驚心。天色已經全暗，我突然把心一橫，就從山邊的溝渠爬進昇平戲院，嘴裡咬著一隻竹蜻蜓。昇平裡面，雜草叢生高與人同，將整個庭院淹沒，偶有已徹底乾燥風化的人糞，各處石階已碎，是真的不能再走了。也不用再來了。

那次，九份最叫我感到溫煦舒適的是「樂伯二手書店」，一家才開張幾天的新店。樂伯那裡好書不少，最厲害的是有一架遠景版克莉絲蒂，大概是別的書店倒閉後剩下來的。自然不能全部帶走，可又像以往遇見那樣驚呼。後來千選萬選，買了一本《去問大象吧》。那真是一本二手書，還有被水浸過的痕跡，書頁都捲曲著，如有心事。當時想，把這書看完，就送給D吧。

「Elephants Can Remember」，是一句英文諺語，是指總有人會像大象那樣記住——還是指人人都忘掉了只有大象記住？我已經忘掉了。總之，大象的記憶力強大，則是可以肯定的。故事是講作為教母的偵探小說作家奧利弗太太，突然想知道自己的教女之過往，卻無從入手，於是請朋友偵探白羅，重新揭出一宗數十年前的死亡案件。故事的重點是「相隔太久」，不斷要尋找「那頭記住一切的大象」，於是一一向未必深刻涉事者打聽久遠的往事，重組零散印象，破案倚仗破碎而不可靠的記憶，最閃耀的毋寧是奧利弗太太和偵探白羅的直覺。這是克莉絲蒂最後寫的白羅故事，其實她之前已經寫出了白羅的最後結局，還致使紐約時報破天荒以頭版報導一個虛構人物的死訊。這個「復活」，是純粹商業考慮，還是也含有一個作者對一個寫了幾十年的角色之想念？無論如何，寫這本書時，克莉絲蒂已經八十二歲，書裡輕淺漫衍的，難免是一種老人的心境吧。

果然不出我所料，D拿到書時，逕問：「送我作什麼？」他大概根本不看偵探小說。D寫詩，他的詩裡經常探測人際之間的溫度，而那些溫度之變易，往往涉及記憶。詩裡的難題總是，有人記住了別人所忘掉的。玩「三種動物」的心理測驗時，D第三種最喜歡的動物是大象，事後他為這答案相當滿意。象溫馴、緩慢、遲鈍、步履沉重。他當時，大概不知道象還有記憶力強大這特點吧。否則，D能想像自己的記憶令瘦小的他也如同大象般沉重，也許就不會質疑《去問大象吧》。

而我把書遞給他，並沒解釋。忘掉並無所謂。

無所謂存在

文學：個體與群體

小時常被父親拋棄在廣州新華書店的書架上，他去尋覓各種音樂卡帶，我則惶惑無助，終於某天在書架上抽出一本書來看，那是《封神演義》，那年我五歲——從那時起，書及文字，就成了我在茫漠海裡安身的一葉孤舟，陌生的世界是棲身之地。中學時的如意算盤是，只要中文成績好，我就可以把時間花在別處，打排球、參加大量課外活動、與同學談過長的電話，並拒絕補習，且因穩妥而感覺不到競爭之激烈。

因為一直相信「做自己喜歡和擅長的事比較明智」，我從心理系轉到中文系。很自然地開始寫詩，年輕人會覺得用斷裂的方式比較容易言說自己，跳躍的語言、濕潤的意象可以容納日常碾磨出來的感觸及曲折情感，這些東西在我們成長期間一直是被外在的規條世界拒絕的。那時，讀夏宇常常讓我感到可以用另一種語言存在，某些細碎的當代的魔幻能量被砥礪闡發。教我寫詩的老師都是性情和順之人，有我這樣氣急敗壞的學生，他們大概也訝異得很。

詩讓我在廣漠的大學裡覺得自己存在。又和一些朋友去組吐露詩社，沾沾自喜搞活動，出版合集。我學習的文學多半強調個體創作形式，但我參與文學時，卻常進入群體狀態。詩社的朋友後來大多翻臉收場是後話。結詩社、上東岸書店、參加文學活動，認識各方文學前輩，葉輝叔叔和關夢南先生開始把一些訪問和司儀之類的工作交給我，後來我為文學作的各種服務，都建基於這些經驗。就像中學時學會找幹事，彷佛大家都覺得「外向」就能幹出什麼事來；我不忍某些工作無人接手，於是變成一隻內心自閉的鸚鵡，學舌給大家逗趣，同時傾向拔毛自殘。

文學雜誌何以存在

如果純用一種抒發自我的角度去看文學，那現在的確很難説明為何社會需要文學——我懷疑這是否許多優秀文學刊物放棄出版的原因。《字花》編輯們作個人發表已無問題，在時間金錢不敷使用的情況下糾眾來辦文學雜誌，這理應伴隨著某些對時代形勢的分析，我們對這些是想得比較多。要摸索文學在社會上的位置，大概先要看清社會，才知文學應介入什麼、如何介入。我想，我們是身處於一個愈趨單元化的社會，商品消費磨滅個人，大眾媒體會靠向不合理的權威，政府常以刻板印象和公關語言迷惑大眾，令城市病態地過度發展，又讓各階層在被割裂之同時，迷信「共識」。文學探索記憶和想像，這些現在都是岌岌可危的邊緣事物；而如果文學能夠更被廣為接受，介入集體情感，社會應有更大的共同基礎，社群與身份於焉而立。而文學是一種經營主體的過程，所以我想，接觸被現實、建制和規條束縛的年輕人，為先鋒的意念、理論、行為提供土壤，至少讓一部分人習慣與不易明白的東西相處，這些都是《字花》存在的理由，我們就是在前人提供的如此土壤上成長的。文學確實失去了「大眾」的主導位置，不過有些事小眾可以做起來更義無反顧。

其實當初是謝曉虹魅惑我說「想辨就會辨得出來」，才會有《字花》的構想。我常常出來代《字花》發言，其實《字花》裡各種意念的多樣，遊戲趣味和自由風格，創作版的尊重平等，評論版的理論深度，都是複數個體一起勞動的成果。我最常把精力耗於尋求共識，一直反對投票，但暴走起來常常壞事，尤其今年行運（摩羯）木星與本命（巨蟹）火星對沖。

理論是冒險

以前屬於傷春悲秋的林黛玉型文藝少女，是樊善標老師讓我對理性和方法學感興趣，方法之後就是分析，分析之後就是理論。到了科大讀過碩士，我已經離不開理論了——那是一個和創作一樣困難、自由、刺激的世界，這是我和謝曉虹同學之同感。每週大堆的英文readings，總是看不完，而所造成的竟然不是壓力，反是冒險感，一個像電影那樣心蕩神馳、感官性、可投入的世界。理論讓我更sentimental。像意識形態理論，它辯證、冷硬，卻總是叫我發現主體之虛幻內藏的憂傷。解構主義是把自己變成虛無的炸彈、投之與敵俱亡，然而本質是謙退的。齊澤克論述的轉折起碼總有三層以上，總會把我拋到九霄雲外，以至儘管他不斷重複，還是隨他狂喜狂悲進退皆險。湯禎兆曾告誡，市場能消化的理論起碼比外國遲二十年，用太先鋒的理論其實會阻你發達；但那些來自理論的悲喜經歷留在我身體那麼真實，幾乎像俄羅斯女排的舊youtube一樣讓我激動（贏又喊、輸又喊、睇已經睇過的喊得仲緊要），我怎麼能離棄它。

當然理論也是恐怖的。黃燦然先生看我手上拿著卡勒，就嚷「你看這些書怎麼還能寫詩」；事實上，理論的恐怖在於它會搖晃你的存在基礎。經過某些理論，你不可能再是以前那個人。床邊的書櫃名喚「無用之櫃」，放置中外的現代性理論、文學理論、浪奔浪流的中國當代文化研究，如果我不回到學院，這堆書全然無用。然而，問題在於，你自己無所用的核心部分，你能否背棄。如果不能，就做好不能被所有人接受的心理準備。

死亡作為動力

我中學時幾乎不看報紙，是參與中大學生報，讓我開始以文字處理社會。其實我所熟習的本是書寫內在與抑壓的文字，社會議題至今非我所長所親，只是因為理論的責任而推動自己進入。一九九八年樊善標老師說我不能寫出議論性的文字，二零零六年他笑我「文以載道」。許是幼年經歷六四，很自然地會將自己的生命與死者緊密連繫，覺得你的命不是你自己一個人的。此外，曾經為私事精神崩潰——試過被自己最核心之物迫害，就再也不想保持自我。於是從死亡這絕對他者，理解何謂「外親性」（extimacy），即在與你徹底歧異的他者中找到自己的核心。社會運動，尤其抗議及直接行動，就是一個與對立面及無法估算整合的我方短兵相接的情況，而奇異地我會在其中領受一種澄明，在極混亂和危險的情況下，感官敏銳、思維清晰，接近大衛連治冥想打坐時的「至福」。我亦以此，反過來理解到音樂和劇場的能量。

現在因為沒有時間，詩寫得極少，也沒力氣寫長篇的散文，失眠因此加劇。重視創作的人大概會覺得我太不自重，我亦想找到將我所習慣的內在語言轉化為介入和推動社會的創作方式。但我沒有時間靜下來。與專注創作的同代人相比，我沒能找到一個洞穴躲起來，這和我無法呆在學院的原因如一。就是無法拒絕外界的聲音。更深層次的弔詭：我在拖著重擔時能寫出不錯的東西，但同時喜歡寫自我消泯的虛無狀態。也許是我根本不重視自己的生命。工作到極痛苦時，我靠揣想自己猝死作為安慰。尼采說，想到自殺是個很大的安慰，因此我們就可以度過許多個無眠的夜晚。我在一個沒有窗子的一百五十呎斗室裡獨居三年，完成碩士論文，開始幹《字花》、寫 blog、投稿報章，可以這樣結論：在絕壁前工作，我就精神百倍。文學和異議或者都註定是蒲公英般的事業，但如果可以不把自己當一回事，也許就能以死亡對峙失敗和徒勞。

二、確有其事

不收穫的土地上

母親

母親今年四十多了，還很有精神，五官仍然端莊秀氣，雙目有顯而易見的光彩，豐腴而不致於肥胖，幾年前還有人說她比她的獨生女還漂亮。

母親在香港出生，不久便回到中國大陸。和許多在文革中度過青年時期的人一樣，母親沒有受過完善的教育，只有中二左右的程度，在下鄉時認識了父親，並沒有想得很清楚便結了婚。因為她是在港出生的，故可以在十五年前申請來港。當時流行的說法是「香港遍地黃金」，像母親一樣滿懷希望，千方百計來港的人相信不少。相信，其中有許多人，是在這城市裡一些人聲煩雜，空氣並不清新，難得望見天空的角落裡耗費他們的人生，掙扎著蠕動向前。母親當時在女人街，幫遠房親戚推車仔賣手袋。完了十點多便回去親戚家她的房間裡的那張床上——那房間狹小得擺了一張床便再沒有轉身餘地，也沒有燈。

母親並不甘心她的故事停在這裡。她輾轉找到了寫字樓工，再輾轉之下到了現在的公司。當時那公司也是岌岌可危，眼看就要倒閉。母親幾經努力之下找到了一票瀋陽的大客戶，做成了利潤穩定可觀的長線生意，一下子成了公司的大功臣，在那小公司裡坐上了第二把交椅。這樣母親和她的獨生女便可以搬進新建的私人樓宇（也和丈夫離了婚），可以對服裝品牌有所挑選，閒來吃吃日本菜，一切都呈現令人滿意的小康狀態。雖然她的英文還是不行，也算事業有成；如果故事停在這裡，她以前讀夜校時抄下的英文單字和句子被她的女兒偶然發現的話，應該會被當成一種勝利的遺蹟吧。

母親仍不肯停下。她時時生著脫離公司的心，想自立門戶，一償「自己做生意」的夢想。她的英文仍只是小學程度，也欠缺足夠的資本，最麻煩的是她某些地方還有著會對自身構成危險的忠直單純——曾有一次在大陸時被人覷準機會，和官員勾結陷害她，幾乎就成冤獄。「自己做生意」在旁的所有人眼中看來都是遙不可及，但她卻好像感覺不到那距離吧。許是她生有鳥兒的性格，總是望向頭頂虛緲的大氣。令人費解的是上天何不順道也讓她有一雙翅膀？

最近她又和人合作搞錶帶生意，她負責找大陸的廠家，另外的合夥人負責找歐美的買家。她的合夥人看來非常不老實，令人擔心不知她會否被賣掉。果然轉眼便把她賣掉，迅速拆夥。舊公司對她非常容忍，仍願付她工資給她職位；只是這種容忍不知會延續到幾時？她的女兒看在眼裡，面上神色木然，心裡卻暗自想著若是自己遭遇這樣一次又一次的失敗必然會崩潰，尤其若夢想破裂殘件散落一地時，那就最好馬上轉移視線，尋求更安定更接近身邊的東西。

奧斯卡．馮．羅嚴塔爾

奧斯卡．馮．羅嚴塔爾是一名軍人，卻有著貴公子般的氣質和容貌，左眼是黑色而右眼是藍色，故有「金銀妖瞳」之名。羅嚴塔爾性好女色，是今天所謂的「一夜情主義者」，但這種行逕配合他的人所造成之印象，與其說是風流輕佻，毋寧說是冷漠——羅嚴塔爾非常傲慢冷漠，嘴角時常掛著令人不適的冷笑。身高一八四公分的他這樣被形容：「有如一座古代的燈台」。

羅嚴塔爾是公認的用兵家，以其柔軟的用兵手腕及冷靜的頭腦聞名於世，功勳顯赫，三十三歲時位極人臣，皇帝將半壁江山交予他管理。後來證明他也有極高的政治才華。有人說過「猛禽適合用鐵鏈鎖在身邊好好看管」，羅嚴塔爾的確有著叛逆的血統。他之所以一直甘心受人驅馳而追隨皇帝麾下四處征戰，完全是因為皇帝萊因哈特本身是一個霸氣、頭腦、魄力都無人能及的天才。羅嚴塔爾承認自己比不上皇帝，從他呼喚皇帝獨有的聲調裡可以聽出他的折服。關於他叛逆的傳聞不止一次傳出，皇帝也不為所動。

但一些陰謀在暗中無聲繁殖，使往羅嚴塔爾領土巡察的皇帝受到襲擊，另一位重臣護駕身亡。在這樣危險迷亂的漩渦裡羅嚴塔爾的傲氣突然無可抑止，他不願作階下囚而被那些他所鄙視的官吏拷打審問。從結果而論，羅嚴塔爾是叛變了。

討伐他的是他唯一的密友，渥佛根・米達麥亞。在一場旗鼓相當的戰役裡，羅嚴塔爾的一名部下叛變，將炮口對準上司的旗艦。受到炮轟的旗艦出現裂口，一塊接近四十公分長的陶瓷碎片貫穿羅嚴塔爾左胸。副官驚叫，羅嚴塔爾叱道：「不要喧嘩，受傷的是我不是你！」言畢，他用手梳攏頭髮，然後自己拔出那破片。羅嚴塔爾拒絕做必須的手術，只肯注射鎮痛劑和造血劑，始終沒有露出痛苦的神色，執拗地坐在指揮席上帶領撤退。期間他數度因腦貧血而昏厥，醒來後大聲喝斥想將他移往病房的部下。羅嚴塔爾在受傷後的第八日死去，他是近乎傲慢不遜地逐漸死去的，這不能不說是他自己的意願。

關於金銀妖瞳的愛情我們還可知道更多。他所遺棄的女人如廢紙堆滿路上，不過有一個似乎是例外的——艾爾芙莉德・馮・克勞希，是羅嚴塔爾昔日討伐的貴族的遺裔。他和她第一次見面時，她從門後撲出來，手持一柄匕首。據金銀妖瞳的說法，他佔有她，是「使盡了全力」。之後他們居然在一起生活了年餘，金銀妖瞳說這是因為她想看著他滅亡，我們可以想像，這句話有著故意或非故意的偏狹，省略了事實的部分。彌留之際他問她：「你今後有什麼打算？」像一名平凡的木匠問相伴多年離別在即的妻子。問罷神志模糊的他閉上眼，看不見女子臉上未曾有過的神情——以前，他離去的時候，這女子總是故意將臉扭向牆上的掛畫，使彼此都無從得知對方的神情——如此率直的相對，未免來得太遲了一點。

奧斯卡・馮・羅嚴塔爾是虛擬歷史小說《銀河英雄傳說》裡的一個角色。他適合被列為最喜歡的角色的第二位，如果把他當成一個真實的人去對待的話。因為這種人，是無法無視其存在的，如果過於注視，導致不能控制地被這個人——或這類型——吸引，對於要生活在地面上現實裡的普通女孩而言，並不是好事。

女孩A

桌面上有一塊鏡子。女孩A瞄了瞄它，伸手將它翻倒，因為她並不願它再看著自己的臉，手，手的笨拙的動作，以及桌面零亂散放的紙張、剪刀、膠水……等等她自己找來，令她煩亂不堪的東西。

女孩A繼續她的工作。沾了膠水的指頭太髒了，撕一張紙巾想要擦一擦，紙巾就被糊住了，她不得不停下來去洗一洗手。她朋友J在這時候走進她的房間，在走廊上相遇的時候，女孩A知道J聽出她腳步聲裡的煩躁。

女孩A回來的時候J正在讀她寫東西，問：「交到哪裡去？學生報？」

「嗯。」A坐回桌前，拉好椅子。

「已經十年了啊。你真的會為這個生氣嗎？你當時也只是個小學生而已。」

「嘖！」A手上的水沒乾，那淺藍色的牛油紙被水一沾馬上皺了起來。這個又報廢了。A歪歪嘴角，將第六個犧牲品揉掉，吐了口氣，回答J：「記得的。」

J嘆了口氣：「寫得這麼淡，能有什麼鼓動作用呢？——好是好的。」

女孩A不說話，重新在牛油紙上畫一個紙盒的模型。

「這是幹什麼的？」

「盒子。用來裝那東西。」A朝桌面上一條藍色仿皮手繩呶了呶嘴。

J拿起手繩端詳著，「很不錯的顏色嘛，這花款也少見，挺別致。」

女孩A笑起來，「因為太簡單了呀。街上賣怎會有那麼簡單的花款？——你知道我是連編髮辮也不懂的。」

「送給他的？」

A低低罵了一聲，紙樣畫錯了，要擦去重新再畫。

「沒用的，那種人。」

女孩A停下動作，轉過頭來，微微抿著唇，神情相當寧靜地對J說：

「你不要管我吧。」

J又嘆了一口氣。女孩A繼續剪紙樣。

過了半晌，女孩A叫了一聲：「好了！」那長方形紫藍色雲紋牛油紙盒顫巍巍地站在桌上，四角仍不伏貼，彷彿隨時都會像盛放的花瓣般散開。

A將手繩放進盒子，再用手攏一攏，仔細端詳了一會，說：「拿上手好像還是怪怪的。」

「是紙質的問題吧？牛油紙脆弱又不伏貼。」

桌上還有黃底紫紋的雲紋紙、青石板地似的再造紙、翠綠色直條雞皮紙、青灰色大理石紋紙、深藍色日本和紙……不過每一種都嫌太軟。女孩A將頭髮抓亂梳攏又抓亂。最後她決定取消原本的設計，用一張紙將手繩捲住，再用一條麻繩綑住。深藍色日本和紙看起來最接近布質，因而被挑選了。

女孩A長長地叫了一聲，在椅子上狠狠伸了一個懶腰。J還拿著A寫的東西，說：「你將來也會做這些事吧？寫很多的東西，出很多的書，像這樣滿滿排成一列。」

女孩A又笑起來，那聲音直跳到天花板上去：「不行的。我現在，連一封流暢的信也寫不出來呢。真的不行的。我知道。」說完，她垂頭去看自己的手指。

J也笑了笑，說：「你心情不好嗎？那我先回去了。」

J走了。女孩A站起來，走到窗前。窗外的草有些開始綠了，但大半還是缺乏生氣的枯黃色。草地上有一個建築地盤，卻不見有工人工作，只有一層層的綠色細網隨風拍打。人總是喜歡在地上疲憊地建立容易潰毀的建築物。早春的風冷冷地捧起她的臉。她閉上眼，一如所料而又無法制止地，覺得很累。

回溯與對照

是因為郊外的關係罷，室內光線不錯，看來她正在午睡。姑姑大聲道：「媽媽！我們來看你了！」

奶奶從床上半支起身，朝我瞪視了二、三秒，驚動，喜道：「唉呀，是小樺啊！是小樺哩！我都不認得了！」

奶奶不認得我，我是認得她，及那一口四川話的。奶奶不認得我，是合理的。我太少回廣州，更是太少去看她了。

我的回鄉紀錄

中三以前，幼小而未能自行決定行蹤去向的時候，我是每逢假期便隨母親回廣州的。然而中二時父母離異，母親家主張我暫且別往父家那邊去。自此好幾年，我回廣州都只到母家那邊。出生在上世紀六十年代以前的內地人是有著異於我們的戒慮的，我無法理解，當時也無從異議。

然而自從中三之後我連廣州也不太去了，即使回去，睡一晚也是極勉強的事，簡直就是苦差，誰也不願見，哪裡也不願去。上次見奶奶，大概是四至六年前的事，那時拍下的照片裡面，坐在奶奶旁邊微笑的那個我，教人覺得，異常陌生。

奶奶和我緊挨著坐。奶奶今年也八十多了，但似乎並不比我上次見她老得很多。反而上次見面，她因斷腿又中風入醫院折騰了一番，出來還是一拐一拐，見面時但覺添了幾許鬢霜，心中驚懼。

眼下她灰白的鬈髮也不大見疏落，似乎年年如此。細看之下難免發現瞳仁有點黯淡，邊緣像化了水般的淺淺染開一圈——但似乎也是在我幼年時已經如此了，且讓眼神平添柔和，令人覺著她精神矍爍。四川人膚色不白，故奶奶看起來也不覺怎樣養尊處優過，也不太發福。臉好像胖了一點，皺摺層疊，笑起來眼睛瞇著喜意蕩漾，喜孜孜地拉著我。

我看起來什麼樣子

我的樣子，乍看和六、七歲分別不大，但自己細看著，則眼角眉梢都像是被暗中偷換了，極不諧協，尤其雙目之間的距離總像是愈扯愈開。彷彿是一個人刻意扮成我的樣子站在面前，透著潛潛的陰刻，有一種歪斜的詭異。

我自然不願意奶奶看出這些，於是特意穿了一件霞色的圓領毛衣，那讓人看見便想起亮晶的糖果。我一直嫌這衣服太讓人往好處想，平素極少穿著，今日便用著它。

也不是不擔心的——太刻意扮乖了，便一切都像作假。我也不願見奶奶時太作假。

奶奶緊拉著我的手，眉花眼笑的問我如何，我便簡言答「好。」我認識的中國大陸的成年人總著意細問職業、薪金等實際問題，我曾見過很多次，他們道過最近和什麼人合作、做什麼工作、工錢生意等，便當交代了近況。但我以為那是他們的經歷所致，他們有權利實際。

奶奶正是如此。她笑著道：「你姑媽順儀現在退休了，生活也大概沒甚麼問題；你爸現在在澳洲也好得很；阿穗（姑姑）和雲仔（表弟）也開心；健行（叔叔）他們在南堤也是老樣子。我沒什麼掛心的哪，他們過他們的，我也可以揀自己喜歡的過了。」

奶奶又問我將來有何打算。我說要不唸研究院罷，要不畢了業當編輯或記者，再不然教書去。奶奶細細問明香港並不像大陸那樣大學畢業便由政府編派工作單位，又笑道：「做編輯記者那是抓筆寫東西了，那是好難的。要好聰明才行。我是不行的。像順儀、越仔（表哥）他們搞建築，有個專業資格，那比較穩當；再不就像阿穗、雲仔他們那樣搞生意炒股票；這都是混口飯吃。寫東西要很聰明哪，我可不行。」我說也不是。寫東西不難，寫得好才難。而在香港寫東西是賺不到錢的。姑姑在旁，問教書一個月賺多少，我說大概兩萬吧，她一疊聲道：「教書好，教書好。」奶奶見我微笑起來，也含笑道：「可小樺是從小就愛看書的哪。」

家族及暫且可見的未來

奶奶早寡，一手拉扯大四個孩子。姑媽順儀當建築師，嫁了同樣搞建築的姑丈，生活最是寬裕，閒來便去跳健康舞，看看英俊的導師。三女是姑姑阿穗，當花店售貨員的，嫁了搞生意的二姑丈，也是小康。四子健行，娶了車票小姐鳳明姨，歷年來弄過許多不同門路，總是灰頭土臉，最近炒股票，又大賠一筆。似乎鄧家第二代的女兒都傾向實際且命途較順，而男子則有飄游之氣，不太切近實務。我爸從小給我看古代神怪演義、希臘羅馬神話，自己聽五輪真弓，現在澳洲做廚師兼讀書，平時持續練氣功。幼時廣州的家裡無故有個比我還大的大鬍子塑像，後來我在爸給我看的文藝復興美術書冊裡知道那傢伙叫拉奧孔，是給海神波塞冬遣蟒蛇給纏死的。

至於第三代的我們呢，我想我也該說說。大姑媽的大女兒瑩瑩，唸了高中便唸不上去，奶奶他們給做主意跟某官員的兒子結了婚，兩年後離了，現和二姑丈一起做建築生意。二表哥名越，現在唸建築碩士，老早便架副厚眼鏡，笑起來眼角有細紋，據說懶而聰明。我常想去和他玩，但總見不著。穗姑的兒子雲仔和我過從最密，油嘴滑舌，我常老起臉來笑斥之。但談起家裡的事，他是一宗一宗鉅細無遺的，雖然有點加油添醬，也看得出是真的在心考較，股票又常大賺，故哄得姑姑滿心歡喜。最叫我想不明白的是他為何同時要有三個女友。堂妹鄧蕙多年前見過數次，面如滿月目似點漆，見了我垂著臉不作聲，在門口和小朋友拌嘴卻刻辣得連我也自愧弗如，那鮮艷潑辣我時常想起，不知她現下，到底是否一個可愛的女孩——以任何方式。鄧家的第三代，大概也是循著某幾條軌跡延展的，大概也不會有太大逆境吧，大部分。

作為對父親的瀟灑的某種反動，我自稱是實際甚且拜金的。只是我的拜金，大概也不免染了俄國形式主義的色彩——只在乎那理念的堅持和斂財的過程，到頭來手頭還是沒有多少，花費上更是太不注意。

奶奶續道：「以前是生活不好，我又不捨得花。所以什麼都省著。現下不同了，我錢多著，也不掛心什麼了。他們要錢我都給他們去。你媽要是不讓你唸大學，我也必要供你唸。若你想到別處唸也可以，我也有錢。」她拍著我的手。笑道：「我還記得你小時，我沒錢，不捨得買東西給你吃，只買餃子讓你吃。」我笑了笑：「我喜歡吃餃子。」

餃子及外

北京中路華北飯店的餃子一度教我魂牽夢縈。那時生活果是艱難，北方餃子包著的鮮肉和肉汁，還有金黃微焦的餃子皮，怎樣也挑剔不來。華北飯店現在是沒有了，可是我一直是極喜歡吃餃子的，而且只限於北方包法的餃子，若是南方兩端相銜的包法，吃起來便不至於神魂顛倒。除了餃子，還有好些兒時吃過的賤價食物我是怎吃也不厭的：馬鈴薯、青豆角、荷包蛋、豬腸粉、牛肉……即使是旁人認為煮得幾乎是難以下咽的，我也能吃去整一碟子。

然而也有例外。小時吃的魚，多是蒸的且不新鮮，魚肉上附的那一層赭紅如鐵鏽，我到現在見了還想作嘔。另外大豆芽炒麵筋也是因為以前吃得太多而極度厭惡的菜式。其中喜歡與厭惡的準則何在，我一直無法理解，而認為是自己偏頗的緣故。

「你媽媽也算不容易，一個女人在香港把你帶大，還讓你上大學，可見她還是很疼你的，這一點上我們也很尊敬她。不容易呀。你也不要心裡想她什麼不好的，始終她是你媽媽，她只有你一個女兒。你外婆是個麻煩的人，就是喜歡同人慪氣。上回你媽媽給了我點錢，我也說不要的——後來你外婆知道了就發脾氣，打電話來說我騙你媽媽錢，說什麼以後也別來往。我就懶得理這些，我年紀這麼一把了，還不找些順心的事做做，難道給自己找難受嗎？但你外婆也是苦的，又帶著你小妹姨，你外公又去了，也是苦的。我也不怪她。」

奶奶語意柔和彷彿漫不經意，臉上笑容如恒，四川話裡混一點廣東話，話常首尾重複，詞彙也不多。只是貼心。母親不時也會去看看奶奶，說一陣話，表些心意，或許就是那一片渾厚寬達教她尊重罷。

母系（又名：我的偏狹）

外婆是上海人——即令是張愛玲讚賞過，我也是無法對上海人抱有好感的。外婆出閣前是大家小姐，知書識字，幼時教我英文，寫得一手好字。上海人最喜熱鬧排場，何況她出身大家。她是喜歡熱鬧的，上茶樓和鄰桌的人也要聊半天，然而親戚朋友一旦熟了，她便生出諸種古怪要求，又疑著別人不安好心，動輒便反臉，終於家裡與人再沒來往。她是喜歡熱鬧的，最喜歡飲茶，母親每次回來都要隆重去一趟，卻總是遲來早去，滿口數著家裡有做不完的雜務，又推「吃了東西」而極少舉箸，母親便總忍不住和她拌嘴。我回去吃飯，桌上三個人，竟有六雙筷子五隻碗，每人的份外還有公用的碗筷；家裡的用杯也有嚴格規定——只是屋子不過是兩個人住。裡頭的寂寞不難嗅到：上海人最喜熱鬧排場，何況她出身大家；但現在的境遇距離她想要的太遠了，心裡難免鬱結。只是我捺不住自幼生根的煩惡。母親氣外婆比誰都強烈——只是與我也不咬弦——然而我近來漸漸發現，母親的眉眼神情語氣以至行逕都像起外婆來。那種遺傳的不可抹殺叫我感到最深的恐怖。書上說：「一切灰蛇草線，不容抹殺。」最深的恐怖。

然而我也同時明白：將我的諸種病態都歸結於母系，是深重的偏狹與推諉罷。然而我竟仍是捺不住自幼生根的煩惡，不能對她們同情一點。

或許因為是寡母養大，一家子對奶奶都很孝順。好像只有鳳明姨鬧了婆媳不和，據說便是奶奶住到老人院的原因。表弟說來一派老成：「老實說，我們是誰也不願意她老人家住到那裡的，我煮飯燒湯照顧她有何難？只是她執意喜歡，又不肯住我們家麻煩我們，拗不過才讓她去的。」

「他們都不願意我來呀。但我喜歡這裡，安靜，人的頭腦清醒一點。我有空看看報紙打打麻將，比在家裡和他們後生的攪和強多了。他們後生的有自己一套哩，我又不懂，一個人樂得清靜呀。橫豎我又有錢。」

姑姑後來說：「她慣了一個人打點一切，老不願意麻煩別人。」我說：

「她喜歡清靜吧。」「她獨立。」姑姑頓了頓，又說：「我可不行，我喜歡熱鬧。將來是死跟著兒子媳婦的了。」

老人院的收費相當高昂，但在郊外也真是清靜，一邊是公路，後窗便是大片菜田農舍。房間寬敞乾淨，走廊不開燈，陰陰涼涼的，擺著人造植物。園裡還養了猴子和一些鳥類。一切明朗妥貼，奶奶笑得順意，放心。這是她為自己打點的，歸宿。如此高貴。

淺黑色的話題

小時候在奶奶的南堤二馬路，那房子極少窗子，僅有的一兩扇都貼著外面的樓房，透不進光。樓底又高，燈光便也格外黯淡，何況廣州那時日間十之八九是停電的。我窩在奶奶的房間裡，即使是夏天，冰涼的竹蓆也隔絕了熱氣，垂下的蚊帳像薄霧。上了年紀的人都喜歡用餅乾罐儲物，衣櫃頂上堆疊的餅乾罐子即使生滿鐵鏽，也彷佛盛滿寶物，要用一個小錢幣撬開好讓滿心歡喜。在那裡，我好像從未感到不耐，不急於長大，不看見陰鬱，純粹地睡去。我懷疑，對於我，那是某種理想的原型。

「你不要再理我了。」我總是這樣說。但，「若你希望變得獨立摒絕依賴，這就不是一個正確的方法。」湯國恒這樣說。

姑姑和奶奶說話總是很大聲，又向我道：「你這樣細聲她聽不到的。」奶奶應聲抗辯道：「我聽得到呀，平時是因為你們講廣州話我才聽不到，小樺和她媽媽說普通話我就聽到了。」

奶奶以前總是推著自行車四處跑，和老朋友打衛生麻將，好像常贏，也不見她緊張過。快七十時自行車被撞了，出院後照騎如故，直至後來中風，才真的行動不便。即便如此，聽說與鳳明姨不和時，家裡不開飯，她也一步一步走到街上吃。表弟說她耳朵不行，但講電話總憑一點聲影推測對方的說話內容，說得如流，他們氣也不是笑也不是。好強若此，卻很少見奶奶和人吵嘴紅臉。

「我像奶奶」

我是一個不能不去想「怎麼寫」的人，到頭來「怎麼寫」總變成東西的一部分。我不懂得寫遠離身邊的事物，也不懂得寫貼近血緣的人。今年一月我與奶奶的會面並不蕩氣迴腸，卻有一點出乎我意料的地方——我那樣著意我的呈現狀態，半途卻發現自己毫不自覺地溶入了乖巧甜言的孫女角色，扶著奶奶拍照去。我本以為那是我嬌憨的表妹可期才會做的事。我想這裡面或許有我以為不存在的某些東西，於是我決定要寫一篇散文，登在沒稿費的學生報文集（以為年前的回魂）。我絞盡心思編裁次序控制語調，但這篇東西，到底是「讓事物回到原來的樣子」，還是對「原來的樣子」更大的破壞，竟也不是我可以控制的。但我知道有些事情是我可以避免的，那也算是盡了我的本分——

你不難想像，我是如此希望作一個如上面的標題的宣稱，但，你看見了吧，並不是那樣的。理想的狀態和現實的狀態之間的距離，一切在中途漸愈偏離的路。我無意，在這樣淡漠的書寫裡，暗暗的欺騙了你。如果能夠，我從不選擇說謊。只是，一切，我無法控制。

走的時候，奶奶說柑子甜，執意要我帶幾個走，我不肯，姑姑說：「拿吧，我們很快就會再拿來。」相形之下，我給奶奶的三百塊錢，實在是叫人慚愧的粗拙。

我們走到公路上等車，奶奶在窗口看我們，隔了二百多米，揮手，仍是滿臉笑容。姑姑說：「她的眼睛還很好。」上車後回頭，便見她回身，慢慢隱去。

回市區要坐兩小時的車。我明白。公路旁種植的白楊一排排於窗邊飛速倒退。生命自有其流向，我們的回溯與對照，無能影響其發展。只是，一切灰蛇草線。

捲沒與隔閡

一個共產主義國家處於發達資本主義時期的喪禮。除了一般常見的白菊鮮花圈，牆上先設有數排橙色絹花的花圈，遺體周圍繞著綠色矮松假樹，結果靈堂幾乎是七彩繽紛的。花籃形狀模擬花園中的盃狀花壇。老實説，非常方便循環再用。我想，其模擬的對象是領導人遺體的告別式，而室內設計則是像毛主席紀念堂陳列屍體的房間，混以一點雪糕店的色彩。無疑可看出某種高檔消費的富貴性，但這裡是失掉了傳統和宗教的空間，以致死者成了咫尺以內的陌生人，生者的靈魂卻飄蕩無所依，而生死之間的鴻溝間隔無純粹感，變得非常怪異。三鞠躬後，弔唁的人們便要退出門外，家屬不可回頭。

然而哭泣仍然是海浪一重重，將人捲沒的。

然後那些最悲傷的人，到達一個擬泰姬陵的清真風格大堂，等待宣佈火化時間。大堂裡有非常昂貴的「紙紮」，可是那紙紮毫無陰氣，倒像是給小孩子的玩具。四周是疲倦的人、雙眼通紅的人，抽煙的人，聊天的人，非常吵，空氣混濁而隱含重量，我覺得像到了新疆的火車站大堂。

帶領整個治喪儀式的是兩名女子。一名看來二十餘歲正當妙齡，另一名亦不過三十多歲。並不見得有什麼專業知識足以指引我們——但我們確實是比她們更不懂。姑媽和姑姑各自打聽了一些習俗和禁忌，不完整、不徹底，與二女教我們的手續混雜在一起，更叫人擔憂有所遺漏。肯定是有的。佛家說，有漏皆苦。

無法與死者連繫，人們的方式就是轉往與生者連繫。出殯前，大家圍坐廳中，姑媽突然發表了一篇演說，回憶祖父祖母的生活，感覺上她是想我們這些下一代知道她的童年。靈堂上，多年不見的人來了，絮絮訴著當年，靈堂成了聚舊地點。我覺得有人說話太多。其實，喪禮與多話乃是抑壓的兩面，從來不可互相抵銷，可能還是一條管道的兩端，中有無可名狀之物通行流淌，並無什麼可指責。所以我只是站遠一點，保持沉默。

我只是感到非常，納悶。

出殯前的一晚守夜，我凌晨才回到廣州。病倒的姑姑睡在沙發上，叔叔給我開門，陪我燒衣。他仍然溫和得像是沒有任何脾氣，陪著坐，我不說話他便倦極睡著。父親留在澳洲，不及回來。他們一代皆孝。

在客廳裡燒衣，紙灰飄揚，薰得流淚。然而我仍是大惑不解似的。

祖母的房間擺設一如三十年前。祖母聰慧講理好強，人人愛她。據說我幼時雖然活潑無禮，但異常老成，總是看書不喜出外，有時便在她房裡，竹蓆幽暗冰涼，衣櫥上堆著舊棉被和大大小小各式的餅乾罐，藏著的不知算不算秘密，但今後恐怕無人會動手打開。我回到廳中，翻著愛里亞斯（Norbert Elias）的《臨終者的孤寂》。靈位設在小几上，我後來睡在遺照旁邊，頭碰到供果，髮混在香灰裡。我努力回想我和祖母所有相處的細節，非常朦朧而不穩定的影像，對白日常得接近毫無意義，沒有任何時間的記認點。在如此的回想裡，我益發覺得世界並無變改，所有人和事都擱在那裡不動如山，任我錯蕩衝撞之後，偶然回去看看便可，什麼都沒有發生。大概這便是弗洛伊德說的防禦機制吧。這不是懺悔所能解決的。

捲沒與隔閡之間，還有縫隙。我陷在裡面無法出來。無限分心，一切都沒有重量，當靜止與孤寂降臨，聲音便湧入耳朵：你喜歡她，為什麼還是這樣冷靜抽離。我的祖母吳應彬，十二月十四日腦血栓塞過世。她到底幾歲，兒女都說不上來。

狗的病

有一天，我回到家，按亮客廳昏黃的燈，狗正蹲在落地玻璃窗前，窗外是像秋日陽光下的落葉一般亮黃的公路。我和狗之間隔著一整個看不見的海。我驚覺，狗竟這樣瘦了。

狗今年十二歲了，據説狗一歲等於人六歲，即是牠已七十二歲了。而我二十六歲，在旺角獨居，大約一星期回家一次——拿衣服回去洗，不為別的。

狗在我十五歲的時候偷渡來港。牠是母親一個瀋陽朋友送給我的（我並沒開口要），先從瀋陽坐飛機到廣州，再由母親偷運來港。經過是這樣的：海關人員看見母親提著大箱子，問：這是什麼？母親説，狗。海關人員不能相信有如此大膽的偷運，再問一句：玩具狗？母親説，不，是真的狗。因為母親的直率，狗必須被送到政府狗場檢疫三個月。

狗是黑白的蝴蝶犬，有一雙大耳，像任何一隻長毛犬，但偏瘦，因為被關在政府狗場而神色驚惶。每次我和母親去看牠，一入門牠就尖聲大叫——急而短促，近哭泣的，像任何一隻狗的，哀求。那時我每三天左右去看牠一次。狗場在啟德機場旁邊，有一個看上去頗舊頗暗的小院，種了一棵不太高的榆樹和幾株七里香，放著幾塊石磚。關狗的地方則極暗，石壁、鐵籠，出奇地像電影裡的監獄。如果是我一個人去，就和狗在院子裡坐坐，讓牠走走，叫牠的名字，給牠抓抓蝨子，用些小食引牠人立起來，令我像個飼主。那種情況之下，牠很容易把我認作親人。而我，則首次感到一個生命所附帶的責任——這種感覺之強烈甚於樂趣。我給狗隨口起了個名字、牠被關在黑暗的狗場、牠在我們到來及離去時尖叫，我理所當然地，應該常常去看牠——愈沒空，愈該去看牠——因為我有責任重視牠的苦難。

後來啟德空置了，狗場也遷拆了。但每次坐車經過時我總看見，那個小院子還在，那棵不太高的榆樹和七里香還在，只有那隻貓——那時有一隻灰色的波斯貓被鎖在最裡面的一個小籠子裡，一直沒人去看牠；我時常走入黑暗的籠子中間，將食指伸進籠子裡讓牠小小的牙齒嚙咬——我總覺得牠是死在那裡了。

狗搬到馬頭圍道的政府狗場，那裡光線甚好，籠子比較寬敞，狗身上的蝨子也少一點。但我不喜歡那間狗場。那時父母終於離婚——父親從大陸取道香港去澳洲，母親因為不想見他而消失了，他只能見我。因為沒有人見他，所以我應該見他。馬頭圍道的狗場沒有院子，只有用鐵枝隔開的一條條直道；我和狗在其中一條通道上活動，父親在遠一點的地方看著我們。我無法向父親解釋。

狗刑滿出獄回到家時，脾氣一度非常暴躁。可能因為平時沒有人在家，牠覺得這裡無非是一個有沙發的狗場。所以牠一個月內咬碎了我兩枚Swatch手錶。我看著崩裂的錶面非常生氣，拿去丟在牠面前，狗就縮頭縮腦。我如書上所教，用報紙捲成的棒子拍打牠的鼻，然而我和母親還開始運用一句恫嚇的話：「不要你！」這是一句實在不好的話，但到我明白時，已是好幾年之後了。

狗的蝨子去掉，並開始胖起來，長毛順滑發亮，頗有一種公主的態勢，有時在街上受到其他狗隻的兜搭。可是牠一直胖呀胖，攤在地上像一張地毯，同學們都說我養的是羊。後來才知道，是治牠皮膚的藥裡有類固醇，令牠異常口渴而且貪吃，以致癡肥。於是把藥停了——牠的皮膚馬上變差，發紅，發出強烈異味，癢得牠不斷低頭去舐，皮屑紛紛像雨一樣掉下來，蝗蟲一樣附在地板和家具之上，每天清潔都要花上很多工夫，家裡幾乎不能招呼任何朋友，母親也因為氣管敏感而得了哮喘。母親不喜歡帶狗去看獸醫，一來因為貴，二來是因為獸醫一般都是外國人，護士翻譯總不得要領。我總是為狗的健康問題而與母親吵架——但其實即使我去，亦是不得要領的。我從中學唸到大學，公開試次次順利過關，一直一直地唸上去，而不知道如何令我的狗健康一點。

大學的時候我總窩在宿舍不肯回家，母親和狗都見得極少。一個年初二的早上，我一個人在房間裡看西西的《春望》，突然聽見狗連聲哀鳴，赫然發現狗保持牠曬太陽的姿勢，僵臥在客廳，嘴旁流了大灘的涎沫，像以前在狗場裡那樣叫著。我扯了幾張紙巾，把圓滾滾的牠抱起來，擦去牠嘴邊的流涎。牠不能說話，心臟沉重地跳動著，只有嗚叫聲漸漸降低。牠慢慢復原，我突然無限傷感，像中學時一樣哭起來。母親回來後說，其實這已不是第一次了，只要抱著牠，慢慢就會好起來。我怒不可遏，抱著狗衝出家門，上的士去診所。狗在我的大腿上充滿好奇地看窗外風景。我一直抱著牠，心愛的綠色絨褲斑斑點點，沾滿狗毛與皮屑。

太平道的獸醫診所裡，頭髮梳得精緻的護士小姐正在留難一個中年女人——她帶著五隻狗來看病，但穿著洗得褪了色、非常晦暗的運動褲。那些都是流浪狗，她照顧牠們，給牠們洗澡，帶牠看醫生。醫生把藥打折給她，但護士小姐的臉色十分難看：「又搞了這麼多狗？心姐，你這樣不行的。五百塊，五百塊有沒有？」心姐轉頭去問她弟弟有沒有。她弟弟說沒有。如此折騰了十幾分鐘，心姐從腰包掏了三百多塊給護士小姐。護士小姐的臉就像凍硬了的麵包，「嘖」一聲扔在她臉上。我呆呆地看著，感到極度畏懼，原來愛，有時會令人這樣不好看——而我想起我是這樣害怕自己不好看。心姐推門出去，母親推門進來，因為我身上其實沒有錢。

經診斷，狗有心臟病，所以會這樣抽筋、發羊吊。而且是不能根治的。我們回家的時候我什麼都沒有說，因為不相信自己能比母親更愛狗，也想起自己其實沒有能力與狗一起生活。母親回大陸的時候由我替狗洗澡，洗完用風筒吹乾——可是吹得不夠徹底，那個星期牠比以前更癢。狗是這樣在我們的虧欠之中，長大到一個不可逆轉的境地。就像母親混亂的財政狀況，我一開始拒絕過問，以致今時今日想進入討論也束手無策。我這樣的人，無論怎樣思考責任，最終也會導致虧欠。

我想狗本就是不可愛的，即使在牠最美麗的時候。牠把兜搭牠的狗都吠走，一見陌生人就吠，從來不肯依令作出任何動作，也不特別喜歡挨著人（包括我），不讓人摸牠的額頭和背上的毛（那可能是牠唯一惹人喜歡的地方）。連喜歡狗的朋友都說，牠真兇——這時候我會分辯，牠不是兇，是害怕。牠被閹過，又有各種不能根治的疾病，牠害怕穿制服的人、像是要捉牠的動作、不能理解的會動的東西，還有我這個不讓牠吃零食，冷酷地瞪著牠，總是要找牠痛處的主人。我說得氣急敗壞，朋友都有點訕訕地。其實我只是不想讓他們認為，狗的不可愛是出於牠自己的問題。一如母親，她沒有預備就走過彎曲怪異的路，若因此生成某些無法消抹的盲點，那也不應只是她自己的問題。而我，孜孜於學習和思考但仍苛刻冷漠，才是責無旁貸。

狗在十歲以後突然厭惡洗澡，不但不可能到寵物店去洗，連母親的手也被咬得傷痕纍纍。我的辦法只有給牠戴口罩，但牠連口罩都會掙脱。母親開始叫我在牠洗澡那天回家。於是，某個星期日早上，我聽到狗憤怒地驚叫。牠濕漉漉地站在浴缸裡，發出暴怒的胡胡聲，眼睛向上斜視我們，渾身亂抖，抖落的水珠濺在浴缸上如急雨簌簌作響。我吃驚道，有什麼值得這麼害怕呢，牠高叫一聲，警告我們不要過來。這樣要吃鎮定劑，我向母親說。母親反對。狗開始想掙脱口罩。

為什麼會對熟悉的事物忽然感覺畏懼？我懂得修辭學，還有一點點心理學，但沒有用。狗在我懂得的系統之外。有時帶牠去花園平台散步，牠站在花園中心，沉默地抬頭望向樓房中間的天空，偶然有飛鳥經過的天空。我覺得牠還在想著理解這個世界，但馬上我又覺得這是自己一廂情願的文學情懷——我曾試過躺在地上理解狗的視角，唯一得到的理解是：這是一個需要理解的視角。這就是無藥可救的一廂情願。

狗異常地消瘦，左眼眼皮上長了一顆不小的肉粒，彷彿一隻妖異的眼球。我碩士的津貼開到荼蘼，漸見拮据。

終於在一次乘電梯的時候，我摸到狗的乳房處，有一串石雕的葡萄。我一再妄想那只是乳腺。可是後來狗完全不讓我摸了，一碰就發脾氣——在隱藏自己的要害和痛處這方面，我和牠都不知是哪裡學來的，母親是有什麼事都會說出來。我獨自帶牠去看醫生。結果說是乳癌。那醫生一邊摸一邊說，嘩，這裡也有，這裡也有，幾乎是嘲笑地。而他像其他醫生一樣，即使採了狗的皮膚樣本，也說不出為什麼牠的皮膚這樣差。

切除手術二千五百元，狗回來之後戴個大口罩（防止牠舔傷口），走路時不停碰到牆壁和家具，母親笑牠滑稽。我則教訓母親不能再讓牠吃狗糧以外的東西，要把皮膚治好。可是母親只怕很難拒絕牠小孩子般的眼光——連我也未有過那種「嗲」的眼神呢。即使在童年，我也是硬梆梆地開口要求不果就發脾氣走掉。

拆線不足兩個月，我又摸到狗的硬塊，比上次生長得更快。而我拿不出手術費了。母親說不要替牠做手術了。我暴躁起來：「你每天都見著牠，怎麼可以這樣狠心！你老到不能替自己決定的時候，是不是我也可以這樣不理你？」其實想想就知道——像照顧長期病人，付出過的，才有資格說放棄，而我還未有那資格。母親周轉不靈，得了哮喘，每天彎腰打掃屋子，手臂滿是狗的齒痕。我決定，如果有一筆獎金，就替狗做手術。四天之後我接到了一通電話。

遠的追求，近的放棄，人類是這樣的生物。

以前我上中學時，狗睡在我床上，早上很早就興奮地和母親上街去，蹬著貪睡的我的肚子用力一躍下地，讓我痛苦地低哼一聲，天天如是。後來牠的皮膚和我的鼻子都不容許我和牠一起睡了，但我回家過夜時牠總要到我房裡睡。不過後來慢慢也不來了。我以為這是一般常見的疏遠，而我是這樣一個人——像很多很多以前很好的朋友，後來不相往來，我也沒什麼。中學時有一次——可能是兩次——我獨自在家，掛掉電話便坐在地上哭，狗訝異地走過來坐在我懷裡，嗚嗚的叫，舐我的臉。過了幾年，牠只是遠遠坐著看我流淚。我以為也是一般的疏遠——其實不然，是因為白內障。陽光照下來，就可以看到狗眼球內青白的兩顆晶體。是不是因為視力衰退，牠反而愈來愈喜歡躲在暗處？

第二次切除腫瘤時，狗的肌肉組織拿去化驗，證實是惡性腫瘤，有機會復發。不過牠終於又胖起來，毛髮亮澤順滑，異味消失，也不再那麼暴躁——因為做了絕育手術及重新服用類固醇。鄰居也較少投訴了——大廈理論上不准養狗不過其實也只會作恫嚇狀，但每次收到投訴我都覺得壓力皮質醇像俄羅斯方塊一樣累積，天空都要塌下來。因為投訴會令我思考狗還有沒有別處可去，而結論必定是，是我和母親把牠推向一個除我們身邊外無處可去的境地；而我們三者的組合，即使一切從頭再來一次，結果也是一樣。

然而狗的樣子那麼輕鬆，像醉醺醺的祝福來了。牠好像回復到年輕的時候，彷彿還有好多年的日子未過。母親則仍然熱衷於健康活動和健康食品。

但我一直記得，以前同學的老狗，有一天突然就後肢癱瘓，不得不人道毀滅。然而我並未因任何親人的去世而哭過，只要不須我決定終結狗的生命，大概我也不會怎樣。於焉我漸漸明白，我給牠隨口改的名字，原來是那樣意味深長：輕、涼薄、無所謂、不須重視、並不快樂——「三文治」。

在並不朗朗的非校歌聲中

開了山　闢了地
我們的神聖工作是拓荒
承擔著整個民族的光輝
我們還要不停地　我們還要不停地光大和發揚
迎著風　對著浪
在學問的大海之中向前航
吸收新知識心胸要開放
我們要做　我們要做　我們要替大眾鋪路的橋樑
有信心　有理想
從五湖四海聚首在一堂
我們懂得了友愛的真義
兄弟們　姊妹們
兄弟們　姊妹們
兄弟姊妹們

讓我們大家為美好的將來
為美好的將來
為美好的將來齊歡唱

——《香港中文大學學生會歌》，林以亮詞，黃永熙曲。

一九九七年，是距離現在很遠很遠的時候了。那是我進大學的一年。

其實，我們如何「想起」一個並無具體面目的團體呢——有時我會忍不住想起「他們」來。和我一起進大學的三千多位認識或不認識的同學，現在大多已離開，沒入人海裡再難辨認。所以，於此，我將要寫的，或許是已經隔絕於來自同一群體的讀者且沒多少人認同，且並不是很體面的經驗：在一九九七年的大O（迎新營）的學生會時間，燈光調暗了大部分人昏昏欲睡，第一次隨著那沙啞虛偽的聲帶裡的學生會會歌且聽且唱的時候，我流淚。（當時我想，一旦被發現，可以向人辯稱那是睡眠不足而大打呵欠而意外流下毫無情感內涵的眼水。）

會歌的旋律是怎樣的呢，那是些什麼樂器呢，我想我亦只能約略地形容（我實在不懂音樂）。是屬於另一個時代的聲音，彷彿有很明猛的陽光，衣領在風中擺動的樣子。（那是手風琴嗎？彷彿在黃耀明版的〈友情歲月〉裡聽過。）真的，要說是舊物了，連「迎著風／對著浪／在知識的大海之中向前航」的句子，都不過是「學海無涯苦作舟」的陳腐比喻，一個不算精彩的翻新。但對於「舊物」，我們往往便有另一種態度，很難不是偏頗的，就像上面明猛陽光的聯想。抽了一根煙有點暈眩的時候我會說，我們這群所謂年輕的看見的時代，是陰陰的，令人覺得躺著在家別動就好，閒著慢慢數想自己每一天失落的塵樣心思。在這裡頭或者會對自己知道了更多，又或者（同時？）會對這世界知道得少了些。——但要是別人，指著我們說「你們這一代」，用不同的比喻說類似（但也許就不相同了）的意思，我又會急急分辯：知道自己和知道世界，二者本質上並不互相排斥；而且，是的我會這樣說，二者之間或者也不存在本質上的高下。一切都是程度的問題。

說著說著總就複雜起來。但你看歌詞多麼簡單：「吸收新知識心胸要開放」、「有信心／有理想／從五湖四海聚首在一堂／我們懂得了友愛的真義」，彷彿都是一加一等於二，鐵石不二的定理。現下我對這些是多了戒心的。「懂得」二字，那份量，我自覺，於我這樣的年紀挪用，還是太重了。（偏我就是常常用。真是必要落入「以為懂得」的指責裡。）信心、理想、真義這些字眼，也是，怎堪提起。我說著（彷彿）複雜混亂的事，那是因為，那是我所見到的。然而，有時，對簡單的事物，我的想法是怎樣的呢——比如，在大學裡我胡亂又心野地看了一些書，到我寫畢業論文的時候，便想著把它們像縫 patch work 的花布般縫起來，用盡；然後看見布上有太多太多的空隙，不是我所能捕捉的——對著黑暗的山谷流淚，我在想，我想做的事沒有錯，一定是我本身的脆弱，沒能好好把布縫起來。「吸收新知識心胸要開放」，我不記得我流淚的那些夜裡有沒有真正地想起過這句歌。我想，若這種簡單是堅強的，不見得複雜就不能堅強。是我自己的脆弱。（若有人以我為例，推論我們這一代就是脆弱的，我亦大概是不情願的。）

恃著能糾正我的人不多，我頗曾在人前唱過幾次會歌。唱的重點是那連續的「兄弟們姊妹們」，如果一個人又唱男聲又唱女聲，到二聲緊接的「兄弟姊妹們」必然就走音，大家就笑起來，然後那一大串的「為美好的將來」就唱不下去了。沒有承認——我用這種方法救贖自己。在第一次聽會歌的時候，本來已止了淚，到了那一大串「美好的將來」時又忍不住。關於將來的美好——真的那麼相信嗎，真的那麼相信嗎，唱了一次又一次，必須說服聽者嗎，必須說服聽者嗎。寫歌的人大概明白，如果能說服聽者，那多麼好，於是他寫。現在是三月的末梢，我大學本科生生涯的最後兩個月迎面而來——關於我可見的將來——我沒有像第一次聽的時候那樣流淚。我是一早就不相信的了。然而為什麼那時流淚而現下再沒有，你明白嗎。我真的明白嗎。

你發現了嗎，我避開的句子。我必須承認嗎。那些脆弱天真的反應。是的，在劈頭聽到「開了山/闢了地/我們的神聖工作是拓荒」的那一下，眼裡的液體滾下來。我在中學裡是頗做過些事的，入大學就打算「休息」了，自覺不要再辛苦自己做沒什麼明顯益處的事了，不如死鋤考個一等榮譽去。然後，聽到有人齊聲說（即使明知是播帶）「我們的神聖工作是拓荒」，突然感到震動。一種來自群體的召喚，或者只是來自我自己的召喚。我自身存在著被群體召喚的質素。做那樣的事，是可以的嗎。你們覺得可以嗎。忍不住想問唱過那歌的人——其實他們沒有回答，我自己就跟了上去。（的確我曾經以為自己是跟著的，雖然後來不這樣想了。）這句歌的內化程度至於，每次辛苦的時候，我都覺得，應該是這樣子的；每次選擇較舒服的方式的時候，我都擔憂，會不會不該是這樣子的——比如，我延了期讀四年，課業不太緊，於是每年都在考慮，是不是該留在學生報多做一年，盡一點力。但結果我也是做了一年而已。就此，每年一次，我不知道我有沒有諒解自己。當然，像其他人般，我能理解：長期留在一個地方實在不是好事；想盡力也不代表要年年上莊；要求自己做能力及責任以外的事，我想我是不成熟。對群體暗地裡有這樣的迷信，我大概真是不成熟。新亞校歌裡說「趁青春／結伴向前行」，我不知可否作為一種旁證辯解，或只是確認我的不成熟——惠特曼說：「啊，青春，青春。」單純的呼喚。我還是那樣想的。脫離了具體的人事背景，也起碼留下那句歌吧。所謂拓荒。如果我亦真要說我心目中「我們的時代」之特徵的話，我想我認為這是一個不能要求別人，只能要求自己的時代。沒有可以普遍地對每個人都生效的要求，但起碼可以對自己要求吧。那樣，「承擔著整個民族的光輝／我們還要不停地我們還要不停地光大和發揚」、「我們要做我們要做替大眾鋪路的橋樑」的句子，才不顯得自我膨脹。所以，即使顯得愚昧，我還是，那樣想的。而且覺得必須承認一切。

當時我猜想（日後我證實），並沒有很多人懂得唱學生會會歌，甚至沒有很多人知道那並不是「校歌」而是「學生會會歌」，更別說知道二者之間分別何在。因為唱的機會太少、音帶太沙啞、不懂得照樂譜的數字音符唱出旋律，我甚至不能驗證我胡亂記住的旋律正確與否。因為一次的感動流淚而肯定某種感情的存在與內涵，我以為這是處被各種詮釋拉扯顛倒的世界裡一種虛弱的反應與姿勢——對抗的。這不見得就不是一種盲目的情感經驗至上論——屬於未成熟的，天真的年紀。然而，我也要離去了——離別之前較易失控，且應是較易被原諒的吧。或者日後會後悔或修改自己的看法，但，我猜，也不致於會變得羞愧吧——倘若是因日後的行逕而羞愧了，或者這篇東西可以成為進步的推撞，一下一下，生活壓迫的縫隙裡，生生不息。可能。

（若我還說，因為題目用了個小小的典使這篇文章註定帶點諧擬的散漫推諉，而那並不是我的意思，你會明白嗎。）

我們的族群

這是一個疏落分散的族群。然而某些時候我確實感到它的存在。

我是在大學三年級開始抽煙的。大一做學生報的那些日子裡我總以為，若這些日子裡沒有開始抽煙，則應該以後也無此必要了。後來證明我的想法是錯的。

分析上面那段話，可知：

（一）早在開始抽煙之前，「我」便認為「抽煙」存在一種「必要」，像機括一樣，一旦觸動便必定開啟；

（二）「自己抽煙」這種可能性存在「我」腦子裡已有一段時間，即「我」自覺與這種機括之間存在緣份；

（三）換句話說，「吸煙」背後附帶連串預設，是一種含有某種意義的行為。

我小時候應該有一段日子頗憎恨抽煙，我和父親一起生活的時候，我不許他抽煙，看見他抽煙便威脅要將他珍藏的五輪真弓錄音帶扔到街上去。那時候我應該是七、八歲左右，為了什麼原因這樣做，我也說不上來。那種阻撓對父親而言是一種樂趣吧，是以我兩年前再看見他的時候，他要抽煙還會笑著兇道：「食煙呀，畀唔畀呀？」而那時我已不能沒煙在身。我沒有告訴他。

初中的時候，吸煙在我心目中還是丟臉的行為，因為吸煙代表懶有型，懶反叛，其實咪又係因為人哋食你先食？我覺得要用這樣深入民心的方法來表示自己有型和反叛，太膚淺了。我從未傾向過反叛，我傾向做一個好學生，成績上等，尊敬老師，熱愛學校——以我自己的方式。所以老師們總是認為我急於表現自己反叛。而我想說的，並不是我更懂得真正的反叛方式；而是，因為我從未刻意去反叛什麼，是以我從未曾了解到——在那種年紀，限於知識和智力，其實並沒有很多反叛的方式開放在我們面前，讓我們選擇。所以反叛那麼容易地顯得千篇一律、人云亦云，那麼容易被淺化。這裡面其實有一種無可奈何的悲情，就是連對模塑的反叛也是被模塑了的。而我當時不理解。

在AL期間我真正地開始想像自己抽煙的畫面。可以這麼説，我開始將抽煙的想像，作為一種安慰。這種安慰以一個「假如X，我就Y」的句式支撐，X鎖定為「太辛苦了頂唔順」，是很常見的自我安慰句式。只是一般人的Y通常是正面的，例如「去吃自助餐」、「看電影」、「睡他媽的」，而我的「抽煙」則是負面的。我並非突然忘記了吸煙的實際害處，「吸煙」也仍然代表一種負面的行動，有一系列負面多於正面的價值拖行於後，像車子後面拖著的成串汽水罐乒乒乓乓。然而，當我讀書讀到深夜，不耐而又躁急的時候，我的確突然發現，挾著原子筆的手，會放在唇邊不停動作，模擬抽煙的手勢。而的確我的呼吸得到調節，我的心情寧定，我得到抒解與安慰，在這滑稽愚昧的動作中。尼采説，想到自殺是個很大的安慰，因此我們就可以度過許多個無眠的夜晚。

分析以上數段，可知：

（一）「吸煙」在「我」心目中，由負面價值轉變為正面價值的過程。值得注意的是，後來的正面價值部分來自其負面價值；

（二）如果（一）的推論成立，其實這與世俗定義的「墮落」相去不遠；因此，可以理解「我」為何如此強烈地敘説吸煙的正面意義。

那個開始抽煙的秋天到底是怎麼回事，我說不上來。我的生活有閒而具秩序，但我突然驚恐於這世界，覺得無處容身，在火車上會突然害怕得流淚，上喜歡的老師的課時我突然張口結舌，老師看我一眼，接過話頭繼續講下去。只是一點五秒的時間，我意識到自己完全不能控制自己。連自己都令我懼怕。在這樣的狀態之下，我想起那個懸置了四年的安慰裝置。

第一包薄荷萬寶路在我的書包裡放了一星期，讓我支取那最接近邊緣的安慰。然而情況沒有好轉。我便扯開煙包的透明薄膠。

分析以上兩段，可知：

（一）「我」不能分析苦難的來由；或者，也因此而無法避免重演。

（二）「抽煙的安慰」依照「我」的定義出現；或者可以說，這種安慰是「我」自己演繹出來的。

日後我回想起那段莫名其妙的苦難日子，依然無法總結出苦難的成因。只有上述的兩個畫面和抽煙的動作，作為標誌性的存在。我是個偏狹的人，我總以「苦難」作為理解別人抽煙的原因，由是我發現我們的族群。這個族群，在大學裡，比我想像中更為繁盛地存在——夜晚，在百萬大道看到草一樣叢生的煙頭，我無法忘記，發現的當時，從心底湧生的溫暖感。我們的族群。

我的一個朋友A幾乎與我同時間開始抽煙。他是飄蕩無根的人，我最戒備的那一類。然而在分享吸煙習性的對話裡，突然第一次生出了親近之感。以至於，他以後稱我為「重要的朋友」。另一個B是我中學的同學，他是馴良整齊、追求穩定、重視責任的典型好男孩。他坐在逸夫書院「女人腳」的階梯上，教我怎樣分兩口把煙吸進肺裡，是我奇妙的暈眩旅程的啟蒙者。他比我抽得少，常常嚷著為健康理由戒煙；然而總是他招呼我，到山邊的「煙竇」處抽兩根。於是逸夫二宿低座外環校路邊的小鐵梯底下，便留下了數百個煙頭，及他對女友及事業的諸種憂煩。在聆聽他的苦惱時，我感到安靜，透明，像最穩定的夜空。

香港的煙非常貴，而大學地處偏僻，於是買煙便有著地理和經濟的雙重困難。於是便出現賒煙的現象。讓我一再強調，買一包煙的錢可以吃兩頓便宜的飯，而買煙又如此困難，而吊煙癮又如此不可欲，所以將煙分給別人，實在是一種高尚的自我犧牲之情操，真正的相濡以沫。長夜漫漫，煙包裡只剩下兩枝，還要分一枝給別人，誰都會忍不住心疼地罵上幾聲的。不過最後還是會抽出一枝，罵著，遞過去。更有一種可恨的投機份子，他們都是初嘗此道者，不肯自己掏腰包，只打秋風抽別人的。這樣「吃白食」的蝗蟲本應遭滅頂，而我們的族群還是罵著，讓他們抽著。這未嘗不可視為一群惡魔族的微笑招手。

分析以上數段，可知：

（一）「我們的族群」廣義而言是指所有吸煙者，但在本文的語境中，其實只由「我」與其朋友的吸煙經驗來定義；

（二）從「我」的敘述語調前所未有之輕快，可知「我」對「我們的族群」的投射是極端地正面的。

以前我常常嫌自己身體太好，令那許多的煩惱好像是無來由的剩餘。抽煙之後，我開始得到一些有趣的體會——原來人的胃，也可以自己在太空漫步。另外，我的血液循環明顯減慢、四肢經常發麻、畏寒、嗓音低啞、牙齒留下痕跡，氣管有時傳出摩托車馬達的聲音。有人說，你的體質這樣敏感，根本不適宜煙酒，還有機動遊戲。我說，我的確不玩任何機動遊戲；至於酒，喝兩口就睏得要命，而且會皮膚敏感；所以，我怎麼能夠放棄抽煙。

所以，我甘願為了在宿舍吸煙而收到舍監的警告信，也甘願和家人大吵，看見心儀的男孩子微訝然後低頭。不過，如果同住的人提出抗議，那就只好讓步。目前為止，對我而言，快樂和自由最具體之體現，是一間可以讓我一邊寫東西一邊抽煙的寓所。

B常常提著戒煙，而且身體不好；A煙抽得比我和B都兇，而且身體比誰都不好，也諧趣地時常宣告會進行戒煙活動——當大家真誠地相信了他，把原本打算送他的免稅煙自行抽掉之後，他已經又抽得比誰都兇。C是唯一一個身體狀況和我相近，而又從不表示戒煙的人。「焦油阻塞氣管，尼古丁侵蝕腦細胞，化學物質則致癌。」C的聲音很細很輕，如數家珍。我對這些資料總是細心地聽，覺得是理智抉擇的佐證。在醫院的時候，我總是很用心地看那些反吸煙的海報，然後想起C，然後更用心地看海報。終有一天我會能夠背誦，香煙裡哪些成分是飛彈的原料、哪些是殺蟲劑的原料、哪些是化妝品的原料……我懇切地認為，所有吸煙人士都應與我同樣清楚。否則我們無法對抗那張「一煙在手／失去自由」的海報。

分析以上兩段，可知：

（一）「我」認為吸煙代表著快樂和自由，為此可以付出極大代價；

（二）「我」強調付出代價，是個人的清醒抉擇，以維持吸煙的正當性；

（三）「我」對這些代價的毫不猶豫，未嘗不是一種擁有者的揮霍——例如，「我」不介意健康變壞，可能因為「我」覺得健康是一種剩餘——這可能某程度上呼應了「年輕」不顧一切的揮霍典型。

D以快樂和令人快樂聞名，外貌永遠像一個村童，揮煙的手勢卻熟練得像幾十年的老煙槍。日光最猛烈的七月中午，我們縮在陽台邊的一線陰影裡抽煙，我親眼看見他揮煙的手勢，聽見他說《涉谷二十四小時》真是一個童話。他的憂鬱日漸與我無關。E喜歡斜著火機點煙，說話的語氣愈來愈像我的其他朋友。F善於改裝打火機，曾因打火太猛而燒著了眉毛。闊別重逢當天，我因為剛剛哭過，只向他討了兩枝煙，沒有交談。G瘦弱頹廢，她寫：「我不能不瘋狂地抽煙，以代替不斷的流淚和抽噎」，真是至理名言。老狼〈睡在我上鋪的兄弟〉：「分給我煙抽的兄弟／分給我寂寞的回憶／你從前問我的那些問題／如今再沒人問起」。我已經從我的大學裡畢業了。夜裡，抽完一根煙，常常有一種腐蝕心肺的感覺襲來。於是我這樣命名——「我們的族群」。

分析上段，可知：

（一）「我」是在離開大學之後，才定義出一個「我們的族群」的；

（二）「我」似乎認為，「我們的族群」已經消散；

（三）如果以上兩點推論成立，則「我們的族群」是「我」在認為其已消散之後，才被「我」定義——想像出來的；

（四）如果第三點推論成立，則「我」對「我們的族群」的想像以至召喚，終不免是虛幻的。

當時只道是尋常

有部拍得不怎麼樣的電影叫《新流星蝴蝶劍》，主題曲《愛似流星》，楊紫瓊唱得堪稱難聽，無論如何都唱不露字，灰壓壓的漿糊似的。可是我在中學時已經很喜歡這首歌，在給同學的紀念冊裡狂抄，雖然根本沒人聽過。歌一開始劈頭是一堆假設性問題：「如果失去是苦／你還怕不怕付出／如果墮落是苦／你還要不要幸福／如果迷亂是苦／再開始還是結束／如果追求是苦／這是堅強還是執迷不悟」。

假設性問題、條件句，在事前出現是帶來期待與焦慮，無論如何都是一種向前的動力；而在事後就是，記憶的迷宮，也許致令主體在這過程中渙散或是錨定——因此每次回憶，都是一次接近分崩離析的冒險。遊牧或暴走者最怕回顧。如果不是《字花》編輯邀稿，實在是不會寫年度回顧的東西。一路走著不回頭，就不覺得自己迷路了。

二〇〇六年或許不是一個起眼的年份。二〇〇六，曾蔭權剛當了大半年的特首，民望仍甚高——香港在一個經濟向好的夢裡，兩鐵合併，恒生指數首破二萬點。通過室內全面禁煙的法例，二〇〇七年七月一日執行，煙民被妖魔化，K房煲煙、飯後一枝的日子正在最後倒數。陳馮富珍當選世衛總幹事。當年兩個漂亮而嚇人的字眼是孔雀石綠和蘇丹紅。與二〇一二的社會相比，二零零六簡直可稱淡靜。二〇〇六是一條縫隙，像一個打著瞌睡的下午，小眾的力量朦朧將要醒來。《字花》創刊。

《字花》出版於二〇〇六年四月，之前當然是密鑼緊鼓地準備，不斷在廿九几開會，往來長長的電郵，在街頭私貼海報（這些事後來很多人做），但奇怪的是，竟然沒有十分艱難的記憶。我們設定了以「高中至大學，對閱讀和圖像有要求的年輕人」為目標族群，在行動裡編定自己的議程。我們有那麼多東西想做，卻幾乎沒有怎麼ban過橋，簡單來說就是感覺如同無限，什麼都覺得可以，什麼都是新的。

出版之時其實沒想過什麼長遠發展，只覺得這樣的雜誌是新的，應該會有人買；這樣挑戰性和多設置的發表園地是新的，應該會有人想投稿；這樣結合日常與文學、知識與遊戲的風格是新的，應該會有迴響。及至後來密集的媒體訪問報導，我們也是全然寵辱不驚的一味往前衝，不因替自己的活動宣傳而羞怯，因為自覺是很好的東西，也不是只為自己。這甚至也許不能稱為「自信」，只是有前無後打死罷就，或者激發過後來的文藝人。

許多過度溝通、吵架的電郵和場面，現在重來一次都可能不會發生——此刻我們或都已成熟到不必因為共同的目標及細微的差異而深入骨髓血肉——但當時，全然沒有顧慮。此刻也許會包容退讓地唇一抿便理解了，當時則什麼都會吐出來，不免辛辣如烈酒刺喉，但所以也不至於此日釅茶樣的苦澀靜默。

那一年大家在聽陳奕迅《富士山下》（而不是愈難聽愈受注目的〈CHOK〉），流行日劇《女王的教室》（它比《天與地》如何？）；並沒有很突出的香港電影，不過賈樟柯《三峽好人》獲得了威尼斯金獅獎，也會有人記得艾慕杜華的《浮花》。葉輝短暫進駐成報，文藝青年追捧梁文道專欄「秘學筆記」（就是後來的《我執》），賦閒的陳智德開始寫專欄，帕慕克獲得諾貝爾文學獎。我和一群知識青年在讀齊澤克《神經質主體》。江記和智海在做以香港文學創作漫畫的《大騎劫》。董啟章出版了《天工開物·栩栩如真》，是為董啟章最甜美可口的長篇小說，並且從回歸前後的「風俗誌」轉向一種更為細緻、更庶民、更傾向中年工藝美學及更與主體構成掛鈎的本土關懷。二〇〇六年，H15關注組還在努力保留利東街社區。

以本土作關懷主題、一代文青集體記憶、手作雜貨起源的牛棚書展，二〇〇六年是最後一屆，主題是「書就是書」，得獎的是陳冠中《我這一代香港人》，推薦獎是陳雲《新不如舊》——牛棚書獎實得本土關懷風氣之先，二位後來都成本土論述重要人物，青澀的我那時想，原來這二人就是香港文化界的重要健筆，歷史上要留名的——卻想不到二〇一二年這二人會起爭辯，甚至動用到「港奸」這樣的字眼。那時，是小眾互相滋潤、保存知識與歷史的年代，我們婦人之仁，不用這些打人的棒子。《字花》和《月台》同於二〇〇六年創刊，會互相crossover，只想彼此昭示不同，卻無人想過要爭奪什麼，不曾口出惡聲。

在缺乏議題、經濟發展掩蓋社會矛盾的二〇〇六年，本土保育運動揭開戰幕。二〇〇六年十二月十三日，我像在街頭閒逛一樣，與社運的友人們走入了天星碼頭的地盤，爬上了推土機，停止工程。那時亦是如口渴了要喝水一樣自然直接，逕步走向目標，直接行動。我們同樣沒想到會如此震動城市，自身竟然構成了一個開啟時代的機括。對城市發展的異議，對自身經歷與情感的捍衛——簡單來說，本土關懷是一個切割城市議題、陣營的新向度，啟動能量的新機關。二〇〇六年，我們開始告別以往精英主導的歷史觀與保育方式，來到庶民記憶、日常生活、集體記憶、以動員來創造的年代。年來萬變，只有這些氣質比以往更加「入屋」和深刻。

繼承二〇〇五年 WTO 韓國農民抗爭行動的啟發，我與許多年輕人，在社會運動中發現了超越一般遊行的行動體驗：主體昂揚、情感緊密、冷靜而果決，與陌生群體異常親密的行動體驗。共同體。烏托邦。人們喜歡社運現場和參與行動是合理之至的——因為那個場所和狀態，比較接近理想，徹底壓倒了庸常與規條。當警察要把戰友抓走時，我們會組成人鏈，阻攔車輛，前仆後繼。當從抗爭現場回到室內，我們開會營造論述，依存於理論和歷史。當現場沒有烽煙，便佔據來進行藝術行動及文化活動。我會喜歡那時充滿自我要求（甚至因此而減低接受度和動員力）的社會文化運動，因為它不是 pure negative，不是發洩而是融匯，始終都在創造東西。

二〇〇六年的「七一」，文學節的大型朗誦會與「七一」撞期，我做了一面綠色旗幟，用牛皮膠紙貼著「文學上街」四字，一個人入了朗誦會再行「七一」。那年我還有份在香港文學節策劃「詩．人．光影」詩歌多媒體錄像匯演，社運相關詩作與多媒體結合並進入文學界的視野。「文學上街」算是不枉，後來在街頭與公共空間的文學活動愈發增多而且明顯較有能量，少不更事反而青出於藍。

二〇〇六年，死去的人有董驃、霍英東、琦君、經濟學家佛利民（Friedman）、南斯拉夫獨裁者米洛舍維奇（Slobodan Milošević），薩達姆．侯賽因（Saddam Hussein）在十二月三十日也被槍決了，一直認為日本要為南京大屠殺道歉的日本老兵東史郎則在年初過世。那年我也判定自己某個部分已經死亡，而死亡讓我暢快輕盈。二〇〇六年我一個人窩在旺角先達大廈一百八十呎的斗室裡寫碩士論文，已經到了最後關頭，在blog裡像絕命日記那樣毫不保留地傾瀉，有時日寫萬字，有時停頓一周。因為壓抑和焦慮，blog裡有很多自戀文字，像一周年誌慶，關於我的一百件事。這樣關注自身的事後來沒有再做過。

當時與人絕交、與世隔絕，但同時開始在香港電台做「思潮作動．文明單位」節目主持，並在《明報》世紀版寫「斑駁日常」；以一種無情的目光看待自己，但為世界盃捷克出局而憂傷，為俄羅斯女排贏得世界女排錦標賽喜極而泣（我當日要教創作班，走出課室外流淚），極度自閉極度外向，狂喜狂悲進退皆險，風急浪尖，我卻是不覺。

二〇〇六年，小眾採取連結和crossover的方式去走向大眾、並重構香港的共同體。批判中是有創造，堅持自我也不否定他人。我們走的路很曲折，也許所以後來便有人以更民粹更淺易的方式超越了我們。可是一路走來，我還是覺得，幸好如此走過。回到那首並不傑出但讓我念念不忘的《愛似流星》。它的副歌來來回回重複：「好多事情總是後來才看清楚／然而我已經找不到來時的路／好多事情當時一點也不覺得苦／就算是苦我想我也不在乎」。來來回回重複。此日我虛弱憂愁連抒情也不能承受唯敘述資料，但在黑暗裡，亦常念記，來來回回重複。

獎項

諾貝爾文學獎又揭曉了，村上春樹連續大熱倒灶，愛麗絲・孟羅（Alice Munro）以短篇小説摘去了桂冠。她的著作在書市裡應該又會火熱一陣子，效應當然不如莫言。

本地對於諾貝爾文學獎的追看氣氛，是近幾年才比較熱起來，臉書上文青朋友們都好像在下注——揭曉後，看過的人就好像跟著突圍而出，而對大多數人來説，他們可能是藉此一機會嘗試著，踮著腳，往當代國際文學的廣漠之海作一小小的探索。

往年今年明年去又來，文學獎亦有這樣的循環。

但我這時不是要談諾獎結果。

文學獎與文學人的關係密切。寫作，若不是只給自己看的，路徑便類似如下：寫作，發表，參加文學獎，獲獎者有一小小的出名機會，引起注意者比較容易出版，然後便進入以書為單位的獎項競賽。

很多寫作者都有個文學獎時期。像我成長的時期，謝曉虹、可洛、麥樹堅、黃茂林這些名字，就是獎項常客。謝曉虹及後來的韓麗珠，得到台灣獎項及在台灣出版的機會，在本土的聲譽就份外不同。同期得獎的名字，應該便構成「同代人」的想像，我們會辨識和記住這些名字，也許它會變成日後的連繫。台灣在這方面的傳統非常強，同代的寫作者之間連繫深厚，據說私下聚談時會給予非常直率的意見。香港則比較淡漠，緣份清淺，只是記得。我記得我以〈狗的病〉獲中文文學獎冠軍那年，季軍潘文偉的〈鬼屋〉我十分喜歡，記住這名字好一段時間，不是不想認識，但一直沒有與潘有任何接觸，只偶然在文學雜誌上讀到他的文章，覺得好。

文學獎是很怪的東西，像撞鬼，涉及時運高低，而且跟人，有段時候一拿就會連續地拿，好像有條路徑在雜草中隱約顯現。文學獎對於文藝青年在心理上和實際上都有意義，以前師長們都鼓勵我們參賽，甚至課上讀到（老師特地拿出來說），早逝而有雄心的林燿德，他自稱「有策略」地進攻文學獎，不把文學獎視為一條死板的規則，而是一束規則，可以遵從部分也可以違反部分，從而改變評審的口味，以至文壇風潮。有了這樣健康的心理底子，我就無所謂地拿作品去參賽。不過我心思有時太過單純，不常撞鬼。

我亦另有些朋友是不會參賽的，像高傲的李智良，他便說「怎麼能夠接受自己的作品受人評判呢？得不到獎那怎麼辦。」是的，參加文學獎首先是要克服自己的心理壓力，要有好的心理質素，知道獲獎與否不代表全部。

台灣近年大大小小的文學獎頗多，作家吳明益說：「我們這個年紀的台灣作家，九成以上都是從文學獎出來的。文學獎是華人世界裡面很荒謬的產物……你如果學會了一種得獎的方法，可以得十個獎勵，都用同一個手法。其次，你只要取悅了評審，這一群評審又是同一群人，你可能有十個獎。你只要取悅這一群人就好。」他認為九十年代後出道的作家，在銷量上無法與前代作家相比，除了出版業的不景氣外，也是因為這些新生代作家只寫給少量的評審如教授看。

確實，因為香港的文學圈子更小，很多時候會出現老師評學生、朋友評朋友的狀況，糊不糊名分別不大，有人戲稱為「近親繁殖」，質疑評獎的公正性。詩友劉芷韻少年時爭強好勝，有一次一位老師作完評判後跟她說，你的作品不是不好，只是現在拿冠軍太快了些。她頗有點不服，評獎怎麼不是看作品，而是看人、評審因為認識你而有了預設。這也是無奈，太認真地想我怕鑽牛角尖。

執筆之時，台灣《聯合報》文學獎又出現抄襲事件。《聯合文學》的主編王聰威在面書上溫和地評論了事件，指出青年作者對於「進入文壇」有著焦慮，才會行差踏錯。王聰威自言本身也有焦慮，他得獎少、出書遲，跟同輩作家朋友相較時也有自卑，然而又想成為作家。「可是我又覺得別人寫的我不喜歡，不想跟他們寫的東西很像，只好一直寫一些不會得獎，也沒人在意的東西，但或許正因為這樣的自己太驕傲了，才沒做了不適當的事情。」

王聰威是編輯，自然了解場域的潛規則：「從現實面來說，所謂的文壇不過就是以文學為中心的名利場，有其運作的方式與潛規則，有公平與不公平的地方……但這跟個人能不能寫出好作品沒什麼關係。雖然會焦慮進入文壇這件事無法避免，但最好還是將重心放在寫出好作品上比較重要。名利場不是我們個人能決定或影響其運作，只有作品本身是我們可以控制的。」創作者，理應回到作品本身上來。

我看獎項非常實際，對得不得獎沒有焦慮——就是大學時非常窮，靠獎金幫補。詩人黃燦然先生曾笑這是當獎項作提款機，其實他自己正是提了大款的巨匪……後來遇到一位桃李滿門的前輩作家，我跟她談香港文學發展的困境，她自信滿滿地道，不過只要一位作家得了諾貝爾文學獎，一切就會不同了。我訝異於這種全面倚靠精英的思維，怪不得前輩們不太理會受眾。

也許文學本質上是有其精英的部分。而我不喜歡崇拜，只嚮往同行，最近比我小的朋友呂永佳，詩集《而我們行走》得到香港文學雙年獎的推薦獎。很替他高興，願這給浮沉在教育工作中的他一點鼓勵。關心氣味相投的小眾，以及無名者，我願這樣的群體能夠成為文學的主流。

北京窮途

到北京的次日早上，謝衡進來說，下雪了下雪了，快起床。

對生長在南方的人來說，雪是存在於文本裡的。《紅樓夢》蘆雪庵聯句，李紋和李綺收結道：「無風仍脈脈／不雨亦瀟瀟」，柔軟、乾淨。看過一篇別人的文章，說作者見了江南飄雪，就狂喜地張大口讓雪落進口裡，吞咽不止。因為那作者活生生就在當場，頓時忍不住覺得肉麻低智。北方人大概不像南方人那樣看雪，不過那些著眼實際的論調我們其實也不陌生：下雪是很髒的，灰灰黑黑的堆在路邊；人在雪上走不快、車子又會因積雪拋錨；農作物被雪壓壞、打壞……不過這些反浪漫的話也都通過各種文本傳達過了，所以反浪漫的作用其實也沒那麼大了。我們都是這樣，記著這些反浪漫的話，走在未走過的雪道之上，微微快樂。

我們特意到一間比較民間的戲院——「幸福電影院」——去看《英雄》。七十塊一張票開場不設劃位，好幾十人擠在戲院門前，你就算雙腳離地也還是被擠得死死的，只有門邊裝飾的聖誕樹被人群擠倒。銀幕相當的糟，完全取消了張藝謀（其實是和田惠美？）設色的一往無前。秦始皇說「戰爭其實是為了和平」，我們和所有人都哈哈笑出聲來。出來的時候，看見一輛軍用雙人吉普停在路邊，座位上全是雪，外殼也披滿了雪，只是那墨綠和車頭的紅星僅僅露出的一角，即使只在眼角掠過，卻也叫人怔忡。

積雪的天壇，像是比其他地方都冷。縱橫的松樹整齊如棋盤，切斷了我們所認得的來路。深紫色的薊草在積雪中冒出來，每棵樹的根旁都露出一圈青青草坪，賦色令人神清氣爽。謝發了攝影熱，好像不怕冷似的到處拍照，還把相機套遺失在林子裡了。我們又回去找。天黑下來時我們還在找路，周圍半個人影都不見，手足都是冰冷的。我們一邊走，一邊給每個教授都編了一隻歌（調寄〈打開蚊帳〉），像什麼「高辛勇呀高辛勇呀／光頭仔／光頭仔／講嘢好鬼細聲／講嘢好鬼細聲／聽唔到／聽唔到」，笑彎了腰。一出天壇，就在旁邊的小店喝了一大鍋白菜豆腐湯。手腳稍暖一點，就跑去吃烤鴨。

或者雪夜是還有難以忽視的力度。有天夜裡我們逛完王府井，在北京大飯店的門前，坐公車回去。有個一直在王府井大街上到處向人要錢的傴僂症小孩，把討來的錢給了大人之後，抓了一枝棒棒糖，歡快地一拐一跳跑開了。謝說：你看。對面馬路邊一排高高的槐樹，有數十隻靜默的鳥立在葉子已經落盡的禿枝之上。牠們只選每棵樹最高的頂枝來站，而且不與他鳥共立一枝。像一群烏黑的木刻，翻飛的細雪捲在牠們身上，牠們一言不發，深沉地俯視著我們。我望著雪花從天空深處飄飛撲面而來，覺得像也有雕刻刀一下一下批落我身上，將我虬伸的枯枝削去，慢慢地打磨，我也變得深黑、光潔——失去了四肢，我才從深處開始柔軟。

因此，我畢竟常常想念那年北京的雪。

首飾

到後來，朋友們都認可了我的技術。於是我被認可為一個懂得製作首飾的人了。

其實我的手一直都很笨。從小的美勞課，我都摸魚打混；有次嘗試用手捲紙煙的時候，唸美術的陳世樂就問我，你是不是在捲豬腸粉。所以能夠製作首飾，對我而言絕對是不可思議的。我想我的中學同學，到現在也仍覺得我懂得製作首飾是不可思議的。在我的中學同學眼中，我難免有些愚笨。他／她們有些偶然會在中學聚會時，像從前一樣揶揄及愚弄我。對此我並不太介意。其中的邏輯是這樣的：只要覺得那些被嘲笑的都已遠離我，我並不介意承認那些也是我的一部分。

到現在，我仍覺得造首飾的經驗是不可思議的。我會在一片平面——通常是我的床——上展開我的盒子，把裡面幾十包、近二百種珠子和金屬配飾各自打開，幾乎是隨機地，抽出幾種，決定製成品的基調。我的製作法十分簡單，基本可以分成兩種排列格式。一種是非常整齊、規範、對稱的格式，一種是看來隨意、衝突的格式。這兩種格式加以同系、互補或相撞的襯色風格，再組合成不同的成品。因為我並不擅長複雜的東西，所以一切工作非常簡單，有時甚至接近工業操作，因為嚴格來說，其實我在製作時並不怎麼思考。但成品也絕少一模一樣。穿上珠子，剪斷針尾，接了鏈扣或者耳鈎，一般來說不用半小時就完成了。所謂製成後的驚喜，微小得像一隻蠹魚——而且那也不是我所重視的。我認為，最奇妙的是製作過程中，那一片不可思議的平板。在製作首飾那些時間裡，我整個人變薄了，被捲成一張紙，偽裝成一個捲軸，到再打開時，就已經寫滿了另一個人的故事。是的，有一個對文字完全沒有興趣的男孩，日間總是打籃球，但到了晚上，他喜歡穿膠珠造手鏈；在製作過程中，他覺得自己輕薄如紙，捲成捲軸，展開，另一個人的故事……

有些時候，朋友閃來看我，我也會把東西一一攤開，她就坐下來與我一起幹幾小時。閃傾向於隨意的格式，將很不協調的元素放在一起看來卻十分和順，而她每一件花的製作時間都比我長。我說你為什麼要選一個這麼難的方法，她卻說，這樣比較容易，因為不用思考。那似乎表示了，調和乃是她的天性。我們一邊製作一邊聊天：購物、創作、溫暖、險惡、傷痛、欺騙。

語調都像談著已過去的事，或日復如是的家常。我想這種語調便象徵著希望，我想她也會同意的。有一次她嘆道，別人一定覺得穿珠仔這種聯誼方法太奇怪了。後來她就再沒有來了，我想一定是她把話說破了，觸了霉頭。一旦把東西說出來，就必須對它的消失有所準備。

閃做什麼都比我細緻，從選擇配襯的小珠這方面，最能看出來。她造出來的飾物，總是有很多配襯的小珠，而那往往是變化最大和最令人驚喜的部分。而她和我最大的分別是，她對造出來的成品往往愛不釋手，最後都會自己戴著。而我，從來不戴自己造的東西，並堅持傾向將之售出。正是我所親手造出來的東西，我會限制它與我的聯繫，不讓之過度接近。如果把它視為我的代表，我就不會把它造出來。而且，我再也不會享有那種製作時的機械式寧靜——正如許多人一樣，我是那種會因為寫東西而心跳手顫、失眠狂躁的神經質人。然後，我想有人會說，問題是，為什麼你要把寫東西和自己拉得這麼近呢？對此，我有時會回答道：因為不那樣我就無法思考，我認為我的重點是思考；有時就乾脆承認是我愚笨。

並非時常但往往通宵達旦，我做著類似機械的動作，完全不感勞累，所謂不以物喜不以己悲，或愛憎不關於情。類似的例子其實不少：有些對詩態度極其嚴肅的詩人，只看最聲色犬馬的荷李活大片，我想是因為那就是他們的休息。作為中學教材的陳之藩的〈釣勝於魚〉，說到有一個物理教授，休息的方法就是鋸木，把木頭鋸成愈來愈小的一塊。在做首飾的過程裡，我堅稱有些東西是證據確鑿的：無論開始前多麼憂愁，經過一晚，我把製成品放在手裡審視，質料、色彩、排列，既不十分高貴雅緻也不真的指向難馴的顛覆——始終看不出有什麼流露出負面情緒或黑暗能量的壓倒性證據。這明明是所謂的證據——在我的不可轉移的執拗之外，有其他機制在我身上，很暢順地運作著。外於我的某物，牢植在我的身體深處——也許因為這樣，我並不真的後悔我的執拗。這樣說來，就算因為寫出了製作首飾對我的神秘作用，而致使這種作用消失，我也應該可以找到另一種路徑到達那神秘之處才對。

（沒有比這更重要的想法了。不可言說的事始終可以被言說出來，因為言說並不能傷害事件背後的神秘之物，事件本身並不是無可取代的神秘創傷，而是一片空洞。而假如有神秘之物，也可在別的地方隨機找到。我這樣的人，想到這裡，突然就感到身體裡有一陣微風。）

某個絕望的冬天，我跟謝到北京去。她在一個攤檔前仔細選購耳環，我則因為耳朵沒有打洞而十分無聊。那些耳環十分漂亮，我也心動起來，謝就趁機跟我說，打耳洞吧，戴耳環是很好的，因為只要做少少嘢，看來就會很不同了。

於是我後來就去打了耳洞。（謝還說打耳洞那一下好像失身。）再後來就是去買耳環，耳環壞了想自己修理，就開始踏足深水埗汝州街的珠仔店。汝州街的數十間珠仔店，每間裡都有過千個看來屬於糖果店的透明膠罐，盛著滿滿的珠子。珠子的顏色譜系比虹更複雜，塑膠、原木、玻璃，實色、透明，隨意的斑點、整齊的花紋，折射光或者構成圖案無限重複的圓柱，所有的珠子表面都鋪著一層微塵。中學生和中年婦人在罐子中間的狹小通道逡巡踱步，挑選自己的珠子，仔細地數著要買多少顆。結群的業餘者會對新款珠子發出驚嘆，單獨的專業者通常沉靜無聲，像與店子裡所有器物融成一體。她們不同形狀的手，都會沾上珠子表面的塵埃，微髒，變成灰色，我也一樣。我無端走入一間汝州街的五金店。當買了一把適合精細作業的鉗子之後，就開始進入一種出神狀態，覺得什麼都可以試著去造出來，失敗了也不必付任何代價。

作為代課教師

作為一個代課教師，最重要的是知道界限何在。原教的老師有教程，必須跟隨；她留下功課，你必須執行發給學生的動作，然後讓學生在課上做，殺掉課上的時間——沒有人預期代課教師做「執行」以外的事。學生們習慣了原有的老師，而陌生的你站在他們面前，他們一般只會呆呆地望著你，或胡亂起哄試試你的底線。學校有校規，它不會希望你或者學生逾越。剩下來的，還有你自己的性格與原則。這些界限會成為無形的牆壁，時常在你身邊矗立，然後浮動如大陸板塊。作為代課教師，你必須穿越這些牆壁，儘量不產生磨擦和碰撞。所以，代課教師最貼切的象徵物，應該是貓。

而我始終認為，貓應該是在牆頭的邊緣行走的；並且，牠們跳躍。

＊＊＊

完成了A中學的代課之後，我開始反覆做同一個夢。在夢裡，沉默的少年男女穿著一式一樣的校服，在鐵灰色的天空下集隊。我負責看管其中一班。可是我衣不蔽體，下身赤裸，我儘力扯著上衣的下襬以求遮掩。我感到羞愧，和他們一樣沉默著，而所有的人，都好像沒有發現我的異樣——可我知道他們差一點點就發現了，於是我很緊張，身體僵硬。學生集隊是為了在進入課室前保持嚴謹的紀律，但漫長的集隊之後，學生們並沒有回到課室。大群的學生緩慢地移動，保持整齊隊形，低著頭走到街上，經過馬路，穿過行人隧道。我跟著學生移動，因為緩慢而更加緊張惶急。到壓力承受不住的時候，我就醒在床上。

我到A中學代年假前四天的課。這種幾天的代課負擔最小，既可純粹執行，也可以自由發揮。A中學的副校長聯絡我時，提到他們學校有「社會」一科：「是校本課程，教材由我們自己的老師編寫，內容是關於社會時事的。」想到能對著中學生談論社會時事從而抗衡主流意識形態，我便滿心期待，尤其發現中三的課程剛好教到「大專教育」這一節時，更是磨拳擦掌。我以「在大學教書」為我的理想職業，以至無論什麼年齡的學生，我都忍不住把他們當作大學生般看待。

我常常想起大學時的陽光。在宿舍裡，恰到好處的下午陽光從窗口流進來，瀉在我書架的書之上，那些書我泰半在中學時聞所未聞，更想像不到自己會喜歡看，至今也有大部分尚未讀完。陽光裡有清晰可見但無法捉摸的微塵，滾動著落到我的書上面，我想像那些書裡的知識便像這些微塵一樣清晰而飄忽。我已有心理準備，有些書我一輩子也未必能完全讀懂；但我覺得有這些陌生的書在身邊是美好的。我的大學學習過程就類似這樣一個美好的下午，未必真的做過什麼，但對大部分事物都懷抱善意和期待；即使愈見孤僻，也承認自己必須做一些事，回饋社會大眾——即使知道所謂的「大眾」不過是主體的想像。我甚至願意游說我們的中學生，儘管（如果）不幸面對獨裁冷硬的校規、沉悶刻板的課本、無法溝通的老師，也不要放棄對大學的期待，因為在那裡，他們有可能感受到某些可能性。並不是所有可能性都能夠或必須實現，但感受到可能性存在，就足以改變一些事。

如果我對A中學顯得苛刻，我不排除自己過於美麗的想像要為之負上責任。我打開中三社會科的教科書，發現「大專教育」部分最主要的功課，是一張香港地圖，上面標示著八間大學的地理位置。一個中三學生，要在適當的空格裡填上正確的大學名稱。這明明是小學社會科的作業模式。而社會科考試的另一主要模式就是填充，形式如下：

學校是＿＿＿＿＿＿的地方。

教育是指＿＿＿＿＿＿。

社會科是要默書的。而平時的學牛若欠交功課，老師便會罰他們抄默書範圍的句子三次。我打開堆滿案頭的學生默書簿，就看見：

學校是擴闊人際圈子的地方。
學校是擴闊人際圈子的地方。
學校是擴闊人際圈子的地方。
教育是指學習新的事物。
教育是指學習新的事物。
教育是指學習新的事物。

打開另一本，也是這樣。再一本，也一樣。我無法不感受到其中的諷刺意味——反諷的其中一個技巧是以過度重複來產生滑稽感，而抄寫三次就讓那個「新」字像用了十年的鎳幣一般被嚴重磨蝕。我想像一個學生，在罰抄的情況下與這些句子作過度而不情願的接觸，他/她會怎樣看這些句子呢？

孤獨冷靜如大江健三郎，在《為什麼孩子要上學》裡也說：我們到學校去，是為了學習讓自己和社會有所連結的最有效語言。「學校是擴闊人際圈子的地方」和「教育是指學習新的事物」，嚴格來說都不算是錯的答案。問題是，「填充」這種預設標準答案方式，與這種涉及反省的問題，其衝突程度接近先秦儒家與後女性主義者。而教師也被置入一個弔詭的兩難中，因為他/她無法肯定，在答題的橫線上出現的，是錯誤答案（例如「學校是浪費時間的地方」或「教育是指被人虐待」）還是正確答案比較糟糕？我至今仍然傾向是後者比較糟糕，因為前者仍有跡象證明，學生把這條問題當成問題來認真看待，回答的過程中發生了思考——後者對這兩點更無保證。

這時耳邊突然傳來一位女老師的話聲：「我沒見過這樣囂張的學生！你知不知道她跟我說什麼？她說『現在是廿一世紀了，可以自·由·戀·愛·了！』沒見過這樣囂張的學生！」我突然憤怒起來，屏著呼吸走出了教員室。

在A中學的四天裡，我極其頻繁地躲到禮堂去給朋友打電話，好像流落他鄉的小孩。我不肯定其他老師是否認為我這樣很過份，有沒有向上級投訴。因為是上課時間，陰暗的禮堂裡一個人都沒有，我端一張椅子坐在舞台上，向認同我且抱有同情但好像身在另一國度的朋友訴說。A中學禮堂的木地板與我中學的一樣，躺上去會一片冰涼像要飄起來，我清楚知道那感觸，因為我以前常常躺在中學禮堂的地板上又笑又叫。但我現在不能夠。

A中學的教師手冊裡，提供了教老師如何馴服學生的招數，包括某教育博士寫的「埋身肉搏十三招」，第一招就是「先管後教」：

「慈母多敗兒！對於某些人來說，『嚴父』反而受尊敬。學生經過多年教養才交到老師手裡，可能有些已經習慣欺善怕惡，『先慈後嚴』的作風會使他們感到無所適從而產生反抗。」

這似乎是馴獸師的思維。這種思維將世上所有的學生假設為野獸——一旦放鬆就會隨時反撲，而且多年教養只讓他們學會欺善怕惡。那麼其實我們並不需要學校吧，因為無論怎麼教，一匹狼都不會懂得使用文字和運算——就算懂得，世上也不需要這麼多馬戲團。那本教師手冊錯字連篇，每一頁的每一段都有一個以上的錯字。上面還寫著，在學生面前批評學校政策是被禁止的，違者可能會遭受解僱。

當然我想他們不會解僱一個代四天課的代課教師。我便直接向中三的學生說：這部分的作業很白癡，我把答案抄給你們吧。省下來的時間，我就用來解釋，如何分辨有用的作業與無用的作業，為什麼我認為他們應該繼續唸書。中三勤班據說是最頑劣的一班。我終於忍不住，用半節課來直接評論中學教育的監獄本質。

「為什麼Miss你這麼討厭『先管後教』？」

「因為『先管後教』要求學生不加思考、無條件的馴服。沒有『教』的解釋，『管』就是將教師的權威建立於空洞的權力位置之上，學生服從權力位置，而不是服從他所認同的人或他認為合理的東西。這是將人變成蒙昧盲從，從根本上有違教育的本質。」

「嘩Miss你講嘢好深。咩叫做權力位置？」「蒙昧點解呀？邊個蒙邊個昧？」「Miss你最憎邊個Miss？」

逐漸，中三勤班有些學生伏下睡覺，有些和其他同學聊天，但大部分還是看著我，聽我說話。如果我長期教下去，他們對我會否仍如此有耐性？我不是不懷疑的。他們的神情像是說，這是我們想聽並會記住的——但會不會他們只是覺得我像一隻卡通玩偶般有趣，我說過什麼則毫不重要？作為代課教師，我無法保證我所說的話像植物一樣生出根來。

流行的解夢書說，赤身裸體或衣衫不整的夢，代表罪疚感。讓我放心不下的是，作為代課教師，我對學生的忠告，會不會反而害了他們。現在，在我們的學校和社會之中，「反叛」都是一個愈趨負面的詞語；唯有在前衛的西方思潮和藝術世界，「反叛」才會得到同情的理解。因為是代課教師，我沒能把他們帶到一個西方思潮和前衛藝術的世界裡——我只能告訴他們有這樣一個世界。我擔心中三勤班那幾個表現反叛而一直聽我說話的學生，會不會因為摸索「反叛」而多吃了額外的苦頭，最後一切無疾而終。如果是那樣子，那麼作為代課教師的我，就只是外星人一般，在地上留下神秘圖案，就再也沒有回到地球。地球自生自滅，毫無改變。——可是長期擔任固定教職，我還會不會像貓一樣在牆頭跳躍？

當然「罪疚感」還有一個解釋——因為我揭穿了自己身處其間並獲取利益的大機構（現代學校當然是一間機構）之權力機制，又穩穩袋著酬勞遠去。

* * *

有時，我會夢見自己回中學唸書。

在夢裡我仍然如現實一般已大學畢業，但申請回中學唸中二，學校居然批准。中二那年我唸精英班，可是成績最差，最不得老師歡心，而且做了大量笨事，想起都要臉紅。我臉上已經有二十五歲後應有的細紋，但穿起校服裙還似模似樣。對於大學畢業的我而言，中二的功課明明淺易得不可忍受，但我靜靜地做著，一點怨懟也沒有。

老師們回復了青春。他們都知我已大學畢業，所以都不過來教我，也不像以前為操行的事常來煩我。我也對老師們失去了崇拜或厭惡之情，安靜得像模範生，見人只是點頭，一個字都不說。當然，我清楚知道，現在的同班同學比我小十年，沒人適合與我談話，是故我如此安靜。我的精英班同學沒有與我一起回到夢裡來。

我站在走廊上，看見校園回復我唸書時的樣子，被砍掉的樹仍在，封掉的小路又被打通，新髹的牆壁褪回舊色，一座樸素淡色的校園。我在夢裡也清楚地意識到，因為這是我的夢，它們才會重生。但我對它們也不像舊日般感情豐富，只是冷靜地看著它們，回去課室做功課。彷彿我到這個夢裡來，只是為了在2E課室做那些以前被我逃掉的功課。

這個夢不是不快樂的。因此份外危險。如果，我汲汲於抗衡這樣那樣，心底某部分只希望成為模範生，安靜地做毫無趣味的功課，那麼，我所要抗衡的事物的其中之一，就是我自己。

三、敘事及其疑惑

寫一篇散文

這是過早醒來的清晨，冬末的衰弱染變濃冽的霧圍裹山林和樓房，花盡最後的力氣。

失去入睡的能力，我任沮喪擱在手邊，安靜地看，放在面前的矮圓玻璃杯裡的水。指尖緩緩圈掃杯緣，我願意相信我仍是寧靜的。我的病況，以及天未亮透時捎來的口信，二者並無因果關係。如果能一直寧靜地相信，一切便會好起來。

我真的要這樣說麼——太累太累了，每日拋下現實的行程表，和虛無的空氣裡，沒有形象的力量抗爭，拉扯著以延續生存。因為不具體的，並非實存，我的力量都耗盡在虛空裡——然而藉吸收我的注視和拉扯，它的力量變得愈來愈大了，我這樣經常地疲憊攤軟地上看它，感到巨大的沮喪，一點一點滲透我身上。拉扯的情況如此激烈起伏，以致我無法複述給任何人知道——而那樣細微牽動的疼痛變化，原也是沒有人會感興趣的。

沮喪是因為，它本與我同在，因我而有它；亦因它，我才體認到自身存在的重量。要驅趕它，我是無從入手的，也不知道驅趕了它之後，會有什麼結果，我還剩下什麼。

你又開始寫一篇散文。散文作為一種文類，定義如此鬆散——較穩當普遍的特徵是：作者形象成為主要的注目焦點，較之小說而言情節性偏低，因而也被認為較接近真實。然而散文畢竟是文學，有它的虛構性質——寫作者是在文中營造自己所想像的自己，理想的或不理想的，但總非事實的全部。敘事學主張，敘述者一旦成為角色現身說法，其言論就只是表演的一部分而不該被全然採信，這種觀點也應適用於散文。選擇散文這文類，你是想利用文類的特徵及讀者先設的盲點，建構起這樣一個——頹敗孤困的自我形象。這種事，你這麼希望別人相信嗎。

其實並不是他們的錯。他們依舊在各處行走著，說著日常習慣的話題，用並不特異的語氣，穿著我所見過或未見過，街上買來的衣服。我知道，他們沒有忘記我和他們相處的各樣事件，即便沒有想起，亦存在於他們的身體裡，成為與我關連的一部分。那樣才是健康的存在啊，融合轉化之後，不需特別深刻地想起。這是我的錯——一個人躲在寒冷的斗室裡，任各種妄念滲透薄牆包圍我，任各種通訊工具在我手邊靜默，也不動手打一個電話。

他們的溫度，及——有時可以挪用這種字眼——愛，慢慢的浮起、飄動、升空，隱在霧色綿延的天空裡。天空深處一定有一個巨大的缺口吧，我時常這樣想。那缺口收藏我對他們諸種的思念與感恩，諸種應該是極易交換如今卻顯得多餘的生活瑣事，塵埃般的齟齬，青黑難言的秘密。我如何告訴他們，我感到他們不斷的遠離，滿腹牽扯的憂煩，而無法開口與之說一句貼心的真話。

剛才已經說過，散文因為其記錄性而被認為貼近真實，而傳統以來，真實都被賦予形而上的價值；故此被認為貼近真實，亦便即由此而具有某種權力。讀者容易認為那是「實情」而相信了文中所敘述的事情，認同敘述者的立場——這可以是對某些「他者」的剝削。就像你正在書寫的「疏離」主題，即使你一再宣稱並非他們的錯，言詞之間總可見到絲絲點點的埋怨。好像他們拋下了你這孤獨的小孩。另外，叛逆你自己建構的絀於言說的形象，你正在論述自己的狀況，好像還算流暢；而整個書寫動作本身，更是違反了你自稱的拒絕溝通。所寫的永遠和想寫的衝突，解構理論真的是對的嗎？

述說從來都是一種能力，會因某些事情而失去，尤其是文學的述說更是艱困重重。

文學一度被認為是能夠而且必須是複製現實的，其實並不是這樣。文學甚至不能完全補贖現實的反光與落差。寫作是一種挑選和簡化的過程，呈現在紙面上的形態，與現實生活裡立體龐雜的衝擊，力量實在無法相較。當寫作者掌握了一定的技巧和知識的時候，往往同時發現自己所寫的和想寫的巨大距離，因而不滿。技巧的獲得，竟然不是幫助寫作者補贖現實，而幫助發現距離。補贖現實，或者是寫作的一個永遠不能完全達成的目標吧。你一開始就錯了。不要想著寫一篇散文，就能安慰自己。何況現在你完全缺乏康德所說的「審美距離」，註定只會愈寫愈糟。

你總是這樣長篇大論。然而我亦不能怪你，是我自己，拿起各種理論書本，希圖那些穩健堅固的架構，可以支撐我疲弱灰沉的骨架。於是，也是你，陪同我一起與它對抗。現在我可能是太無力了，難以和你說下去。但我想，若我說，我是不懂如何說起的，只怕，你的推翻，也不見得就能得到一面倒的支持吧。畢竟，你也是我寫出來的啊。你是敘述者之一，現在也只是角色之一了。我們同樣啊。

其實，我常常想，如果我能安慰你，那多麼好。如果一個人真的能自己安慰自己，那多麼好。

意識及其所受的滋擾

意識開始有了意識。它不斷受到滋擾。某些畫面持續無預告地飛速掠過眼前，起初的時候它總禁不住當這是一種捉蝴蝶遊戲，跳起來要把畫面捉住。甫一捏在手裡，一看，心下一冷，就趕忙鬆手扔掉滿佈刀片的畫面。這樣不斷跳起、捉住、流血，意識疲憊不堪了。儘管後來它已無力躍動，但根據一種悲哀的學習本能，那畫面自動連結到它的意識，每次它看到那飛過的影子，就想到它曾捉在手裡看在眼裡的刀尖的畫面。於是它的血持續流了一地。

我實在看不過去，皺緊了眉對它說：「你既然已經有了自己的意識，竟不懂得照顧你自己嗎？」「我很好，不勞你費心。不過你也可以想想，現在這個田地，是不是我所願的。」意識扯著氣，說。

「我以為你聰明到什麼地步了呢，原來也不過如此。可你看你現在的樣子，不該想想辦法停止它嗎。你若由得它這樣下去，你會怎樣你自己知道。」

「我說過，我，不用，你費心。停止，當然，是可以，的。不過，你也想想，我是怎麼獲得，自己的意識的。我，怎麼，能，停止，它呢。」意識斷續的話裡夾帶了嗆咳，它算是很倔強。血依然嘩嘩地流著。

我冷冷一笑還想再爭辯，但看了看滿地像溪河匯流的血，它癱瘓在中間像將要陸沉的島，忽然想到，我在這時候，是不是不該和它爭辯太多呢。它這樣累。這剛剛獲得的生命裡也沒有片刻寧靜。

我不忍，伸手闔上它的眼睛。意識於焉沉沉睡去。

意識沉睡了，我代它面對這一切。我恒定鎮靜，衣服熨得服貼挺直，笑容沒有一絲皺摺，話也流暢如沙。那兩個人，或一個人，的畫面颼颼穿過沉固的大氣，在我抽煙的時候，我梳頭的時候，我拿起茶杯的時候，我推開房門的時候，我玩ICQ的時候，我和朋友瞎掰的時候……以飛撲的姿態向我撞來，每次感到眼皮上有掠過的陰影，我就知道又是那畫面。我便垂首，微笑。我很好，不必誰擔心。

昏倒在療程與療程之間 v.1

我保持著交叉雙手擁抱自己的姿態醒來，深綠色的沙發海一般將我吞沒，溫軟包容。手上讀了小半的《裙拉褲甩》仍在，手指肯定地夾在看到那頁沒有鬆脱；那個主語飄忽情節晦澀的愛情故事仍在，叫我頭痛。藍色裙子下我的在羅馬式綁帶鞋裡的腳仍在，腳趾順從地併在一起，馴良溫默。外面綠白條子的篷下有紅白相間的可口可樂太陽傘，隔著一層玻璃看起來就那麼整齊鮮明。我的腳踏到地上，我推開玻璃門，我胡亂抓抓頭髮對別人暗示我的怪異只是因為剛睡醒。我站在石地上看泳池和山。山是不動的，水是動的，世界以其一貫合理的姿態向我張開雙手。我想起夏宇的詩：「而其實我們極容易／容易原諒／原諒身邊的一切」。夏宇的句子有點像游靜的句子，充滿撞擊。可是在這種情況下，游靜是這樣説的：

如果不寫
要趁人不在的時候
找尖叫的角落

游靜的句子如此吸引我，像一種與生俱來又久被抑止的呼吸。但那是魚的呼吸方式。世界這樣看著我，每次我都這樣猶豫：若還鼓起兩腮未免太令它失望。

一直想著蜷曲在別人的詩句裡是否就可以避免原因的交代如果整理能力的綁結鬆脱繩子癱軟地上那要如何收拾散跌一地的句子清楚感到意識遠離算不算昏倒腳不著地是否就當作起飛假設過程叫治療目的是治癒不斷持續的治療之下到底還有沒有治癒所謂治療是消滅病態還是保存病態我本來如此我不是如此我為何還要説話

我向面前的世界鞠一個躬，然後回去深綠色的沙發裡，看游靜，面對那個主語飄忽情節晦澀的愛情故事。我吐出不可見的氣泡，不動聲色地鼓動兩腮。世界在我背後落空，人們停在我經過的路上。我想，一切，他們並不知道。那便妥當——如杜家祁所説：「那也算是盡了我的本分」。

病的問答（part I完）

問：你病的時候，有什麼感覺？

答：有。

問：能描述一下嗎？

答：不能。

問：為什麼？

答：如果是真正嚴重的病情，各種無以名狀的痛苦紛至沓來雜然紛呈，應該會佔據了整個感官及思考系統，在那種情形下應該並無空間容納其他認知運作，所以應該是不及記下任何感覺並描述之的。如果可以記下並且描述，那意味著你的病情並不真正嚴重。

問：那平常看到的許多沉痾患者對自己病痛的描述，又如何解釋？

答：都是後設的。

問：那抽象點問，你病的時候，痛苦嗎？

答：病的定義在於其痛苦，這是套套邏輯地正確的，這問題毫無意義，正如問一加一為何等於一。

問：重複，抽象地說，你病的時候，痛苦嗎？

答：那，抽象地說，痛苦。

問：痛苦的時候，你叫喚別人嗎？

答：真正痛苦的時候，根本沒有餘力注意外在世界，遑論叫喚別人。如果在痛苦的時候還可以叫喚別人，或想望別人的幫助，那意味著並非真正的痛苦。

問：你偷換了答案而且自相矛盾。改變問題：你病痛的時候，叫喚別人嗎？

答：……。叫喚。

問：為什麼？

答：那涉及一個人是否自足的問題。

問：可以詳細描述一下嗎？

答：自足與否的問題涉及人的自我認同、拉康的鏡像論、牟宗三論述中國哲學關懷感通的特質、杜斯托也夫斯基《地下室手記》裡提到的「惡意」等種種脈絡，似乎溢出「病的問答」這個命題，是否應該收回這問題？

問：我負責的是問而你負責的是答，你清楚嗎？附加問題：在你病痛的時候你叫喚別人，而你現在處於被發問探詢的位置，變相擁有叫喚的權力而你處處迴避。你如何解釋這種心態？

病的問答（part I完）

說一些，真實的事情

一、

九歲的時候和母親吵架，突然被一種現已遺忘了的情緒充滿了，非常敏捷轉身跳上一張椅子再跳上窗邊，雙手攀住窗沿，頭伸出窗外——那一刻突然有足夠的冷靜明白了一件事——死亡非常輕易，對於我而言。因為其實我並不太害怕。

那以後，略嫌過早地，一個模糊的意象在心裡慢慢滋長，用現在的我的語言來描述，是一個人重心搖擺腳步浮亂手舞足蹈走在行人路邊緣，然後，說不上小心不小心，由行人路的邊緣踏到馬路上，高低相距不到五吋——這非常接近我心目中的死亡。

（不得不告訴你，上面那段是假的。）

二、

有一本漫畫書叫《東京愛的故事》，裡面說到有一個桀驁不馴受全班敵視的女孩子自殺死了，第二天她的同學回到課室，看到黑板上她的留字：「我討厭大家！」一向與她交惡的同學都低首緘默，課室裡充溢反省的氣氛。然後一名與死者並無過節的女學生走出來，擦掉黑板上的字，說：「我們繼續上課吧」，其他女學生們馬上掩面說「太過份了！」男學生則紛紛大聲指責她，彷彿那女學生就是令死者自殺的元凶。

每一個故事裡可供反省的地方都很多。也許是作賊心虛，我想得最多的是死者對生者所施行的暴力——無須解釋，無須對應，無論生者在心靈上究竟有多大罪疚感，表面上總得一面倒的俯伏認錯，因為當事人已死了，生者再不能與之對話、詢問或駁斥。接近絕對的權力。我對掌握這樣絕對的權力有罪疚感，每次指尖幾乎觸碰到它的時候，都會反射性地停下想一想，這樣做是否只是為了傷害別人？我是否真的願意那些人，受到這樣的傷害？

尤其是母親。我並不常想到她。通常都是伸長手臂張開手指指尖幾乎觸碰到的那一剎——我到底有沒有這樣的權力，置她於那可預見的絕望之中？

（在這裡重複一些濫調：「死並不是一個人的事」。這樣你便較容易相信了吧？）

三、

我無法忍受的是那「世事的螺旋」。世界上有些事是做不到的，無論是對外在世界或對自己而言。我們都知道自己會有一條線，我們只能在那條線後，張望自己所不能觸摸的虛空。然而幾千年前一個姓孔的人說過什麼「知其不可為而為之」，然後歷來又有各種各樣的人前仆後繼做著精衛填海的事，每次看見或想起那些姿態時總是容易流淚。也希望在流淚以外多做些什麼，故自十四歲起，嘗試接近那條線，並與之推移。並不擅長的科目，各類運動、畫畫、寫作、負擔極大的團體……如果能掌握一些又一些我原不懂得的事，或者就會發生突變，改變整個人的結構，不必再朝那條可以預見的路走下去——太陽突然在半夜升起，風裡有從未聽過的鈴聲，石地上開出淺紫色說不出名字的花來——如果能改變自己，或者就能更有信心和能力，去將世界，扭向我所希望的方向。

然而畢竟我並不姓孔。當發現那條線其實並不能移後時，就會有窒息的絕望——或者修正一下——是苦悶。比如說，素描畫了通宵還是不滿意，終於在清晨忿然撕掉的時候，的確會想和那紙團一起越過窗框穿過大氣，降到地面。螺旋的苦悶。本以為能夠掌握的事物一一從掌中跌落，最後能夠拿捏住的，就只有自己的生命。經常在想著會不會中止就是跳出螺旋的唯一方法。

（通常說得可憐一點灰敗一點，你們便會將之當成真的。這是陷阱。）

四、

這裡也無法避免地要嘗試處理一些思考：

大概會有人覺得「之後你可能還會遇到什麼好得不得了的東西，現在就中止太可惜了」。當然他們說的也有可能。不過也有另一些人是這樣想的：根據過去的經驗，生活的快樂與悲傷折算，大概是五比五左右。那，可以預計，將來的快樂與悲傷，也不過是五比五左右。既然如此，自然並無努力爭取生存下去的渴望。

喂，所謂的五比五的預計，並不是一定成立的呀，過去怎樣不代表將來就必然怎樣。

嗯。你對。但當我們強行要對一些不可預知的東西作出估計時，過去的資料就是唯一能參考的東西了。有的人喜歡倚仗參考作出猜測，他們可能猜錯，可能猜對，和不倚仗參考而猜測的人一樣。在未來變成事實以前，誰也不能證明自己猜的方法比較好。

不過，既然還在等待猜測的結果，就等於間接承認了自己的猜測方法有漏洞嘛。否則你還在這裡幹什麼？

＊＊＊

（多一個人說話好像顯得立體一些。不過到底有多少人在說話？沒說話的人還有多少？裝成客觀的人最是虛偽可恨。）

五、

如果寫過遺書的人一定能了解其中的麻煩。寫第一封遺書時是十歲。慘不忍睹的文筆。那封東西後來再看時怎麼也看不出想死的意思，十二歲時借故偷偷扔掉。寫第二封是十五歲時，當時和許多團體有瓜葛，數不盡這這那那的東西要交代，且原是不捨得的，一邊寫一邊哭，並無改變主意的打算；只是哭得太累，寫了五頁後不知不覺昏睡了，次日醒來便發燒（站也站不穩還能尋什麼短見），那些解決不了的問題也突然無疾而終，那消失像它們的出現一樣斬釘截鐵。雖然如此可笑，我還是並不後悔的。再回到發燒前的那晚，我的決定大概還是一樣。

十五歲的問題消失了，那氛圍卻一直存在，遺書仍是有其需求在。於是我持續磨練自己，一直嘗試以點列方式處理遺書。不過超過十點以上的點列還是會有無法消抹的荒謬感，而且處理需要的時間也太長，期間連想死的意欲也同時處理了。或者我該努力達到不用寫遺書的境界？不不不，我的意思並非指變得樂觀積極——大概接近徐志摩那人人皆知的惡俗詩句吧。我一向最討厭徐志摩。

（嘿，若有人不停欺騙你，到最後還向你說「這全是真的」，你信不信？）

相對的，快樂

我拿起筆，像繪一張死者肖像。

正如我所一直設想的，我是喜歡煙草的味道的：乾的煙草未燃燒時有一股清香，彷彿葉子的靈魂還依附上面，像古老的藥的味道，一下子就令人想得很遠。聞別人的煙味大概不太愉快，但聞著留在衣領上袖口邊的自己的煙味，就有一種焦灼的溫暖，仍然是乾燥的，可以把人埋起來似的。留在指縫間的煙味更貼近了，像脈搏，我自己的脈搏——我拚命地嗅著，像患了自戀症。薄荷煙的第一口份外清涼，真是滿口甘芳。看著雪白的濾嘴漸漸染上淡黃，彷彿暗示著人生某種必然的歷程。一根煙點燃在黑夜裡，正如旁人猜測的那樣，神秘懾人，幾乎這樣看著人就可以呆住。吃剩最後一口，用力將之遠遠揮出去，煙頭撞上牆，火星散落，如美麗的微弱的私密的煙花。吃完煙有時覺得口腔異常乾燥，那味道令我想起小時候父親嘴裡的煙味，不過那會扯得太遠了，還是不要說吧。

我坐下來，思考這是否也算是，某種形式的快樂。

吸煙並不是一個簡單的動作，不是將嘴湊上去便行，重點在於把煙吸進肺裡。我吸一口煙，再深深吸一口氣，擴張胸腔，再緩緩吐氣，像運動員般標準的動作。尼古丁進了血液再跑到中樞神經裡，就會暈眩。有些人比較幸運，暈眩得比較厲害，如我。

我一直缺乏讓自己完全放鬆的方法。戲劇訓練裡總有閉目的想像練習，第一個步驟總是「放鬆你的全身」。我就躺在那裡，感覺自己皺著眉抿著唇；頭部放鬆了，又感覺自己雙肩繃緊；放鬆了肩膀，就知道雙腳的腳趾一直是用力併著的……折騰了一番，再聽，想像練習已經完了，「你現在慢慢張開眼睛……」朋友T嗜酒，我偶而告訴他一些煩惱的事，他聽了總說：「我真不明白為何這樣你還不喝酒。」我便細聲答他：「我喝酒會敏感嘛。」別人喝酒的時候我總是正襟坐著，雙手攏著杯子，一口一口啖著小半杯的bailey's，微笑著看別人灌下各種各樣有鏗鏘名字的烈酒。這樣總沒有喝醉的時候，所以我從來沒有走不出直線的時候，直至開始吸煙。

我捂著嘴，想為種種的感覺歸類。

我看見挾著煙的手指輕微顫抖彷若驚惶，我的脊樑緊貼柱子，閉起眼，頭顱向左歪側，髮紛紛披落臉上。世界自左足開始旋轉，骨頭像泥一樣軟掉，肩膀將疲倦卸給全身，從我的眼眶溢出，世界以深沉的液態包裹著我，我像被酒精浸泡的海綿。唯有尼古丁可以敲軟我警備周全的中樞神經。我想將手上的7-11打火機拋進火堆引起未曾見過的爆炸，我想坐上欄杆往後倒栽墜跌街頭如飄盪的風箏，我想擁抱出現在眼前的任何陌生人。這樣激烈鼓動著的是你嗎，唯有此刻我如此確切地感到你的存在，我豢養在我身體深處的獸。就這樣把你放出來好不好呢，我漆黑的蠢動的獸。讓你吞噬或撕毀這個地面上的一切，首先必須是蓄意豢養你的我。但你還是太弱小了，只有一雙銳寒的眼瞳可以顯現在黑暗裡。現在讓你奔出你必然死於纏綿的傷痛，發出我所不願聽見的嗚咽。你先留在這裡吧直至，起碼，某天，可以有足夠的力量銷毀我。如果。我虔誠期待。

眼前的樓房積木般疊高至天空某處，那童話般的粉紅色愈發鮮豔彰顯，配合後面天空的蔚藍色。正統、無混雜、合乎預設的藍色。而且沒有雲。雖然城市被一個曖昧朦朧的灰色罩子籠著，那藍色還是如此無可置疑。誰說自然是無意識的呢，它總是在這個時候這麼藍。它是故意的。炫目的光從上方傾倒下來，我閉上眼，又側過了頭。我總是歪倒向左側，大概是因為我總是以右肩負重。

我仰起頭，回憶著逐次消退的感觸。

第一次真正學懂「吸煙」時的暈眩是最厲害的。那天我像發了病一般無法制止地想起生命裡無可彌縫的錯事，無可追回的失去，無可挽留的人。我在沙發上翻來覆去地想，嘶聲哭著，指甲刮扯著沙發的墊子，過程中數度睡去，半晌醒來又哭，昏昏沉沉如害了叢林的熱病。如是三數小時，天色漸轉昏黑，掙扎起身，給最近絕交的朋友寫了封信，眼淚流了一身。

這樣的事後來再沒有過。

王菲的歌說：「第一口蛋糕的滋味/第一件玩具帶來的安慰」、「第一次吻別人的嘴/第一次生病了需要喝藥水」，多麼美妙的事。然而接著又唱：「第二口蛋糕的滋味/第二件玩具帶來的安慰」、「第二次吻別人的嘴/第二次生病了需要喝藥水」。在重複中，大概什麼感覺也會慢慢消退吧。像一張紙，被一隻手壓在上面，抹平，抹平。好的，壞的。快樂的，不快樂的。想留住的，不想留住的。

那時候，某宿舍的花

在感覺到他的離開即將發生的時候，某正開始在宿舍插一點花。因為剛過去的一個學期（當然連同最後最沉重的考試）令人覺得太過艱難，完結之後鬱重的氛圍仍久久不散，某開始長途跋涉地跑到鬧市，花掉數倍於吃飯（幾乎整個四、五月裡兩個人都只吃即食麵和微波爐點心）的錢，及時間，在太子的花墟將一捆捆的花運回來。

某告訴別人這是其長久的心願，這並不是說謊；但這時的某是暗地裡將這些植物當成了一種隱喻或象徵，甚或一種祈求，祈求它們攜來一點生存的氣息。每次某買花回來看起來總是興高采烈的樣子，看到的人會覺得「這傢伙真神氣啊」——是不是這樣呢，某也寧願是這樣的。某在各處借來各式的瓶子，又喝掉不少不常喝的飲料，花被插在紅酒瓶子、牛奶瓶子、蜜桃茶瓶子、水果水瓶子裡，全被堆到窗前。某也插過兩瓶給他送去，但他從不換水，房間裡的空氣又從不流通，花以極速萎去，紅玫瑰乾在瓶子裡像濃妝的木乃伊。

然而在某的房間裡花們又何嘗擁有一個適宜的生存環境呢。某憎惡陽光，雖擁有極寬敞的大窗子，卻永遠垂著百葉窗簾。某想滅絕聲音，就不開冷氣的時候也關上窗子——空氣一般的不流通，縱然某勤於換水。在這樣的房間裡，花的葉子總是奇怪地蜷曲起來，而且都是垂首死去的，我忍不住猜想是不是太多的嘆息被抑壓，而花們暗暗承受了嘆息的轉移。

有關花的死亡我還可以告訴你更多。某相當喜歡的「葉上花」，淺綠色的葉子邊上圍有乳白的線，看來很像花瓣，中心一簇球狀的「蕊」，茸茸細毛如黴菌——其實那才是真正的花——站在高身墨綠酒瓶裡淡然自若，又讓人覺得柔嫩健康。站了很久的它死於光合作用的斷絕。奇怪的是它不但持續站立了很久，而且死狀安詳穩妥——是淺綠色慢慢褪去，褪成淡黃，然而那也不是枯敗的黃，彷彿更加鮮嫩柔和，指向希望無限的未來——看它的枝梗，自末部開始分解破爛，明明已無能吸收水份。但它仍是這樣端麗，某還是拉開百葉窗簾，讓它感受來遲了的陽光。果然它不忍某失望，葉子挺立起來，多站了幾天。

有時某會想坐過去和花們談幾句，但不知何時開始，某已囿於一種沉默的重力。某的唇掃過玻璃杯的杯沿，連花們的心思都猜測起來。某似乎只剩下猜測的能力。花們這樣聞著某的煙味會有什麼意見呢，它們本不該培薰在這種微焦的空氣下。某覺得自己不能了解它們，某疲弱的鼻子聞不到它們應有的香氣——除了有一次，某將放了很久，還未盛放便枯掉的白玫瑰的花瓣全部摘下，撒在桌上。到花瓣乾了的時候，某發現，它們真的很香。

這個某總是希望理解身邊的事物，讓它們與之説話。時常某昏沉倒在床上，覺得再無生存下去的力量，世界就在某周圍旋轉起來，某想像吊扇、光管、枕頭、桌子、地板分得其生氣，便好好存活下去，繼續和他説話，讓他活下去。某看見書櫃上靜默的古詩詞，古人也寫離別——他們那時好像簡單些？不是生離，就是死別。但現在常説的是「疏離」——在接近的距離裡失去，就像置身濃霧，不知它怎麼來的，你不能捉什麼然後制止什麼，只能手足無措地站立，逐漸失去視野，最後茫茫一片。在困境裡的某無法抑止自己對客體的簡化。某是並不願意自己這樣的。

某真正地害怕著，於是和他頻密相見，偶而詢問對方莫名的病況，用「怎麼？」這樣簡短抽象無濟於事的問句。陰暗的房間裡有時他來看某，二人面對面坐著，抽煙，冗長的沉默，半晌交換「怎麼？」「沒事。」的對話。有時他煮來公仔麵，二人坐在瓶子堆前，進食。進食為了什麼呢——也只是一種姿態吧，類似站立。我猜想。有時二人還會大聲唱歌呢。有時他知道某的驚恐，便握住某的手。雖然那時一切都是蒙昧無知、無計可施，卻可能已是兩個並不相類的人的最最接近，無可取代的接近，在某的回想裡。某卻又知道，一切都有盡頭。夏宇說「有窮而無窮」，原是形而上的，於某卻只能是不生效的自我安慰。某不斷買花，那四枝荷花——一如往年的經驗，無論如何期盼，也沒有開。那些白色牡丹相反，它們開得太快——想必不剩多少時間了，它們強烈的隱喻。但若放下窗簾，它們又只會馬上凋謝。為此某無可奈何，看一部電影，借故哭得金星亂迸。

搬離宿舍之前某所有的花都死了。宿期最後的一天，某通宵夜遊之後看見纖巧的清晨，太陽的光線慢慢漂滌天空，晨風溫柔翻弄新綠的葉子，世界還會繼續下去的樣子。某常常說，他真正離去的時候，一定也是一個這樣圖畫般美麗的日子吧。某無法對這樣的世界訴說什麼，便又去看那部電影。

但起碼我是理解某的啊。這不能產生任何安慰嗎。

禮物上的附函

T：

送給你。楊照《迷路的詩》。

《迷路的詩》不是一本有趣味的書。楊照是個沉重版的張大春。然而張大春最讓人愜意的便是他的幽默諧謔，少了這一點，魅力的層次不可同日而語。《迷》裡滿紙少年情事，敏感執拗感情濃烈沉溺細節繁多而又充斥不可抑止的旁述解說。然而我還是說，楊照是個沉重版的張大春。於是異同對照成為最大的趣味，何況，這兩個看來如黑白反照的人，還是好朋友。

應該跟你說過了？我覺得楊照評《我妹妹》的進路，和張大春序《迷路的詩》的進路很像——「不斷追索過往。召喚記憶，並且在反覆嘮叨從前中，總是帶著或濃或淡的懺悔意味」。而張大春在他的序裡說：「那是一篇令像我這樣一個作者感動的評文——因為作者發現評者進入作品內文的方式與作者如此歧異而又深刻」；並追溯「抱歉」這個詞雄辯的淵源——辯護；又質疑「懺悔錄」究竟能否與現實有等同關係而被當作「坦白供述」，彷彿推得一乾二淨，又勝了一仗。

反觀《迷路的詩》裡的少年楊照，竟和《大頭春的生活週記》裡的少年大頭春暗地裡相當接近——即使回憶錄懺悔錄式的沉重語氣溢滿全書，但自所描述出來的行為看，楊照過的畢竟還是一般可以想見的中學生活：共同的籃球、共同的違心週記、共同的女校生想望、共同的不切實際的宏大理想。一切令人微有黯然的共通。

對照之下楊照顯得這樣「少年」。看來是張大春了解楊照而楊照不了解張大春。是楊照自我中心以至到哪裡都只照得見自己？或是根據我們共同敬崇的老師的說法，什麼人就看得見什麼東西——於是，那個跳脫得多，彷佛總是掃過來世故圓熟的目光的張大春，也有某部分和楊照相應的地方了？另外，尤其，楊照說張大春一直探討的問題是，「敘事是可靠的嗎？虛構與真實如何切劃分辨？如果敘事根本就不可靠，那為什麼還要『訴說』？為什麼『訴說』還是具有逼迫別人『傾聽』的權力？」還說張「在一些場合裡他開始對敘事陳規打破後冒頭的光怪陸離顯現出相當程度的焦躁不安」。而張大春則在《迷》的序裡說：「視文學為『苦悶的象徵』、『人生的投影』、『苦難的救贖』者，恐怕無從體會：文學工作只是它自己的辯護，而這辯護之所從來，乃是由於文學（詩）無法和人（人所以為的）它所映照的廣袤現實逐一對應。相較於正義、公理、世事、時局，哪怕是相較於天氣和愛情，文學或詩之單薄脆弱似乎不言自明——它只能鮮活生動地顯現在紙上。」而楊照不是不知道的，書裡最後的幾篇文章和這段話的論點幾近一樣。這兩個人的呼應對答真是令人驚詫。那張大春為什麼還在寫作？楊照似乎還是說中了某個重要地方。那張大春在文首對楊照評《我妹妹》的含笑否認，說不定是「推卸」著某些隱匿？

張大春在《我妹妹》裡寫，「寫作是給我自己的治療」。這是我一貫的論調，但《我妹妹》（和《尋人啟事》）在沉重的哀愁裡依然流出如此的輕逸風趣，又強調虛構和真實的混雜。總是忍不住覺得張大春像你，事緣張大春在《我妹妹》裡提到的寫作方法：「把原本在A時間B地點C人物身上發生的D事件換裝到E時間F地點G人物身上」，和你年半前某次向我提到的寫作趣味，幾近一致。而那時你還和我一樣不知道張大春。我甚至在《我妹妹》裡找到和你一篇早期的散文裡非常相似的語調和諧謔手法——尤其是諧謔以外濃重的憂戚。我便驚訝，這樣可以治療嗎？這種我無法達到的幽默距離及冷靜，不會將傷患捂得更深而導致不癒嗎。於是看張大春的時候不時將你和他作對照——這或是有誤差的，或者你們並不如我所想的相像，或並沒有那麼相像；但，對我而言，是一樣的呢——你和張大春，我都無法了解。

我的治療方式，大概是比較接近楊照的吧，沉溺的，將事情原原本本的寫一次，在無法停頓的時間流曳裡留下印記，彷彿對於自己，那便完成了什麼。然而我的記憶如此脆弱，我甚至完全不記得一年前的夏天發生過什麼事，童年的記憶更是幾近空白。所以，看著《迷路的詩》，由搖頭莞爾慢慢變成了極端欣羨——楊照將十多年前的事，周遭細節和情緒變遷，都能夠細細地記下來，充滿了熱情和固執，即使質疑自己當時的想法和動機，但似乎毫不因回憶的虛構性而懷疑沮喪。真是厲害，我多麼希望自己不為「不可把握」而那麼沮喪呀。所以，我還是本著欣羨和敬意將整本跡近喃喃自語的《迷路的詩》看完了，並送給你。

然而送給你的主要原因，不是因為那過於單純的二元對立——你和張大春相像而我像楊照——最重要的，是我看見的，你和楊照的相像。我並不曾真的像楊照那樣激烈和極端。唸男女校的我，也無法理解「女校生」在男校生心目中的地位，為什麼會文中如此頻密地出現關於「女校」的事，彷彿生活裡的必然組成部分。楊照對Y的經年執著又形色不露，對我而言只覺得極端，和，抱歉一點說，自虐。我就猜想唸男校的你大概比較能理解吧？楊照實在是敏感的，易於波動的，情緒爆發既頻密又有不可壓止的激烈，營造的意象是黑巷、深海、死去的蝴蝶，挪用的字眼是「宿命悲劇」、「潮一般的感傷」，少年的詩句是「穿刺挑勾搗鑿喉結深處原初無名的/傷口，埋葬痛楚的所在」。

你讀了要笑的，是不是？那個晚上你喝了半枝伏特加又哭，一會說沒事一會又哭弄到五點多，第二天兩隻手都腫了——大概是因為在我看不見的時候猛力捶牆罷？後來我們都明白那只是小事一樁很易解決，但以你的個性，再發生同樣的事，你還是會這樣子吧。

你說過你寫作的最大動力是記錄（和轉移，你後來補充）。這總算是我們的部分一致。於是我又推想，你會像我一樣羨慕楊照強大的記憶力，那《迷路的詩》也就不會那麼難看，有了外於文本的趣味了。我們總是不相像的，我總是這樣說。即使是受著同一位喜歡的老師的啟迪澆灌，我們的閱讀方式也時常南轅北轍；動輒爭辯，易於齟齬。但有一天我想，其實，或者，也不是完全的不像——不過要更留心聽你的話。

比如，我和你都是獨生，我結論自己因自幼年經常單獨在家而害怕孤獨，你則只說你已習慣一個人往外跑。但後來，我想，那種對「被遺落」的畏懼，應該是一致的。雖然你沒有明說，不過我仔細回想推敲，覺得應該真的如此。你說劉芷韻早年的詩很簡單所以極好，又常說我最早期寫的詩最好看；我本覺得無理（你自己的詩那麼難懂），到有一天我翻看舊作，終於覺得它們好看起來——因為再寫不出來了。我相信——自我讀到的斷散的拉康、弗洛伊德、游靜——我們是透過觀看、比照自己與他人的不同而建立自我認同，而又在觀看和理解中忘卻自我主體性的執著而吸收著別人與自己的歧異，以儘量多元的閱讀方法進入客體，而達致自我的轉化——盧卡奇《心靈與形式》：「藉了解別人，他更接近了自己的自我。」那，我以為，便是我們艱難的溝通之向。那麼，或者，或起碼終有一天，我們都會對做到自己不能做到的事的人感到欣羨和覺得有趣？於是我送你本是沉悶的《迷路的詩》。

本來這只是置於給你的禮物上的一封點綴的私函，可是寫著寫著，又覺得不妨讓其他人看看，一同探索張大春和楊照隱匿於文本後的人格投影，及——看不見更好——兩個有著不可邁越的鴻溝的人之間，溝通和理解的艱難推進。有關我和你的事，彼此可以心照不宣（因此稱你為T，一個較罕用的稱謂呼應混雜在眾多陌生他者之間的私密，並，以距離保障不引發過多的誤失）；對於讀者，就給他們留點可供虛構參與（或拒絕窺私）的空白吧——如果他們能看懂其中部分，那是否意味著他們也經歷過／著各自的苦難的溝通與理解？對這種共通又無法互相幫助的困難我難免又覺得哀傷。最重要的最切合我們的自我形象的書寫原因：你知道，我實在需要儲錢——關於那個我定義為只為自己而實行的承諾。我幼稚黑暗的執拗。

T

22／11／2000

1550（初稿）

若無其事

責任編輯：饒雙宜
書籍設計：江田雀

作者：鄧小樺
攝影：何兆南

出版：三聯書店(香港)有限公司
香港北角英皇道四九九號北角工業大廈二十樓
Joint Publishing (H.K.)Co., Ltd.
20/F, North Point Industrial Building,
499 King's Road, North Point, Hong Kong

發行：香港聯合書刊物流有限公司
香港新界大埔汀麗路三十六號三字樓

印刷：中華商務彩色印刷有限公司
香港新界大埔汀麗路三十六號十四樓

版次：二零一四年七月第一版第一次印刷
規格：特十六開（148×210mm）二二四面
國際書號：ISBN 978-962-04-3630-7